이야기 편의점

토마토문고 03

이야기 편의점

1판 1쇄 발행 | 2020년 12월 29일
1판 2쇄 발행 | 2021년 7월 5일

지은이 | 심후섭
그린이 | 임윤미
펴낸이 | 이상배
펴낸곳 | 좋은꿈
디자인 | 김수연

등록 | 제396-2005-000060
주소 | 경기도 고양시 일산동구 장백로 26, 103동 508호
　　　(백석동, 동문굿모닝힐 1차) (우)10449
전화 | 031-903-7684 팩스 | 031-813-7683
전자우편 | leebook77@hanmail.net

ⓒ 심후섭, 임윤미, 좋은꿈 2020

ISBN 979-11-85903-85-9　03800

이 도서의 국립중앙도서관 출판예정도서목록(CIP)은 서지정보유통지원시스템 홈페이지(http://seoji.nl.go.kr)와 국가자료종합목록 구축시스템(http://kolis-net.nl.go.kr)에서 이용하실 수 있습니다.(CIP제어번호: CIP2020052601)

블로그·네이버 | www.joeunkoom.com | 인스타그램·leebook77

＊좋은꿈-통권78-2020-제10권

어린이제품안전특별법에 의한 제품 표시
제조자명 좋은꿈 | **제조년월** 2021년 7월 | **제조국** 대한민국 | **사용연령** 8세 이상

두고두고 하나씩 읽는…

이야기 편의점

심후섭 지음 | 임윤미 그림

좋은꿈

두고두고 하나씩, 마음에 새길 이야기

사람이라는 존재는 '몸(신체)'과 '마음(정신)'으로 이루어져 있습니다. 그래서 '몸과 마음이 함께 건강해야 한다'고 합니다.

어떻게 하면 몸과 마음이 건강해질 수 있을까요?

몸의 건강을 위해서는 좋은 음식을 먹고 운동을 적당히 해야 할 것입니다.

마음의 건강을 위해서는 독서, 명상, 봉사, 좋은 친구 사귀기, 좋은 이야기 나누기 등 여러 가지 방법이 있으나 그 중심에는 좋은 대화 나누기가 자리하고 있습니다. 그래서 사람들은 항상 감동적인 이야기를 찾는 것입니다.

'이야기'라는 말은 '귀로 먹는 말로 된 약'이라는 뜻을 지닌 '이어약(耳語藥)'이 변해서 '이야기'로 굳어지지 않았을까 하는 생각이 들 정도로, 감동적인

이야기는 큰 가치를 지니고 있습니다.

감동적인 이야기는 교육의 수단이 됩니다.
감동적인 이야기는 마음을 가다듬는 재료가 됩니다.
감동적인 이야기는 예술의 밑바탕이 됩니다.
감동적인 이야기는 모두를 어우러지게 해 줍니다.

여기 전 세계에 널리 전해져 오는 아름다운 이야기를 모아
이야기 편의점을 열었습니다. 두고두고 하나씩 몇 번이라도
읽을 수 있는 이야기입니다. 어린이뿐 아니라 우리 모두에게
마음의 풍요로움을 가꾸어 줄 것입니다.

2021년 새해를 바라보며
글쓴이 심후섭

차 례

어머니, 안녕히 가세요

현보야, 너는 어떠한 것이 참된 효도라고 생각하니?

중국에서 있었던 일이야.

"아들아, 시짱(西藏)에 가 보고 싶구나."

일 년만 더 있으면 백 살이 되는 어머니가 일흔네 살된 아들에게 말했어. 어머니는 이가 하나밖에 남지 않은 늙은 몸이었고, 아들도 이미 머리가 하얗게 세었어.

그런데도 아들은 웃는 얼굴로 대답했어.

"예, 어머니. 모시고 가겠습니다. 그런데 시짱이 얼마나 먼 곳인지 아십니까?"

시짱은 티베트를 이루고 있는 한 지역을 말해. 두 사람이 사는 헤이룽장성에서 시짱까지는 비행기로도 열 시간 넘게 가야 하는 먼 곳이었어.

"몰라, 거기에 영험한 부처님이 계신다고 어렸을 적에 들은 것 같아. 그것밖에는 몰라."

아들은 당장 자전거를 고치고 수레도 만들었어. 가난한 농사꾼인 아들은 비행기 표를 살 돈이 없었던 거야.

아들은 수레에 푹신한 담요를 깔고 비바람에 대비하여 지붕도 얹고 비닐로 창을 달았어. 자전거 뒤에 수레를 매달자 멋진 자전거 수레 차가 되었지.

수레에는 밀가루와 말린 채소도 실었어. 두 사람이 가면서 먹을 것들이었지.

이윽고 따뜻한 날을 잡아 두 사람은 티베트를 향해 출발하였어.

"어머니, 수레에서 편안히 바깥세상 구경하셔요. 자, 그럼 우리 소풍 가요."

"오냐, 오냐!"

어머니는 소풍이라는 말에 기뻐서 하나뿐인 이를 드러내며 웃었어. 아들은 힘을 내어 부지런히 자전거 페달을 밟았어.

"아, 좋구나. 힘들 테니 천천히 가자. 바쁠 것 없다."

"예, 어머니. 구경 많이 하세요."

아들은 이마에 땀이 줄줄 흘렀지만 아랑곳하지 않고 페달을 밟았어. 옷이 땀에 흠뻑 젖었어. 냇가에 이르러 빨래도 하고 국수도 끓여 먹으며 쉬기도 했어. 그러다가 다시 길을 떠났고….

봄이 지나고 여름도 지났어.

겨울이 되자 바람이 차갑게 불었어. 아들은 어머니에게 옷을 두껍게 입히고 뜨거운 차를 끓여 드리며 부지런히 페달을 밟았어. 잘 곳이 마땅하지 않으면 남의 집 헛간에서 자기도 했어. 길이 울퉁불퉁하여 앞으로 나아갈 수 없으면 자전거와 수레를 트럭에 싣고 가기도 하고…. 낯선 마을에 들러 밥을 얻어먹고, 경로당에서 며칠 쉬기도 했어. 감기가 들면 병원에 가서 치료를 받으며 꾸준히 나아갔어.

그렇게 무려 900일이나 여행을 하였지.

"쿨룩쿨룩."

"어머니!"

그런데 어머니가 103번째 생일을 며칠 앞두고 그만

폐렴에 걸리고 말았어.

"어머니, 이제 집으로 돌아가야 할 것 같아요. 시짱까지는 아직도 1년은 더 가야 하니….”

"아니다. 나는 이만큼 살았으면 됐다. 너하고 소풍 나온 지금이 가장 행복하구나.”

"저도요, 어머니!”

어머니는 마침내 눈을 감고 말았어.

아들은 슬피 울며 어머니를 화장하여 뼛가루를 자전거 뒤에 싣고 다시 일곱 달을 앞으로 나아갔어.

이윽고 시짱에 도착한 아들은 어머니의 뼛가루를 산기슭에 뿌렸어.

"어머니, 어머니가 보고 싶어 하시던 시짱이에요.”

하늘에는 어머니의 모습을 한 구름이 아들을 내려다보고 있었어.

"아들아, 나는 네가 있어서 행복했다.”

"저도요, 어머니!”

아들은 좀 더 편하게 어머니를 모시지 못한 것을 미안해하며 슬피 울었어.

진정한 효도는 물질이 아니라 참된 마음인 것 같구나.

남편감을 팝니다

현보야, 만약 남편감이나 신붓감을 마음대로 살 수 있는 가게가 있다면 너는 어떤 신부를 맞고 싶니?

어느 곳에 남편감을 파는 백화점이 문을 열었어. 이 백화점에 가면 마음대로 남편감을 골라 살 수 있었어. 단 규정이 하나 있었는데, 이미 지나온 층으로는 되돌아갈 수 없다는 것이었어.

두 처녀가 꿈에 그리던 남편감을 사려고 떨리는 마음으로 이곳을 찾아갔어.

1층 입구에 안내문이 붙어 있었어.

1층에는 직업이 있고, 아이들을 좋아하는 남자들이 진열되어 있습니다.

"괜찮군. 1층이 이 정도면 한 층 더 올라가 봐야겠는데."

두 처녀는 1층은 돌아 보지도 않고 바로 2층으로 올라갔어.

2층 입구에도 안내문이 붙어 있었어.

2층에는 돈 잘 벌고, 아이들도 좋아하며, 잘생긴 남자들이 진열되어 있습니다.

"점점 좋아지는구나. 더 올라가 보자."

두 처녀는 쿵쾅거리며 3층으로 올라갔어.

3층에는 돈을 잘 벌고, 아이들도 좋아하고, 잘생겼고, 집안일도 잘 거들어 주는 남자들이 진열되어 있습니다.

두 처녀 중 한 처녀는 3층을 둘러보고 싶었어. 그런데 다른 처녀가 떨리는 가슴으로 외쳤어.

"여기서 멈출 수는 없어. 더 올라가 보자."

'나의 신랑이 친구 신랑보다 못하면 안 되지!'

그래서 함께 4층으로 올라갔어.

4층에는 돈을 잘 벌고, 아이들도 좋아하고, 잘생겼고, 집안일을 잘 도와주며, 또한 로맨틱한 남자들이 진열되어 있습니다.

"맙소사! 4층이 이 정도면 5층은 상상을 초월하겠지."

둘은 서둘러 5층으로 뛰어 올라갔어. 그런데 5층 입

구 안내판에는 이렇게 적혀 있었어.

5층은 비어 있음. 만족을 모르는 당신, 나가는 문은 왼편에 있으니 계단을 따라 돌아보지 말고 내려가기 바랍니다. 당신은 이 백화점에 다시 올 수 없습니다.

"어떡해, 4층에서 멈출걸."

"나는 3층에서 멈출걸."

그런데 만약 두 처녀가 3층이나 4층에서 남편감을 샀다고 해도 집으로 데려올 수 있었을까?

4층까지 각 층마다 다음과 같은 안내문이 조그맣게 붙어 있었는데 처녀들은 아예 보지도 않고 지나쳤어.

만약 당신이 남편감을 사더라도 남편감이 당신과 이야기해 보고 싶다고 하면 데려갈 수 없음. 이것은 신붓감을 파는 옆 건물도 마찬가지임.

좋은 사람과 결혼하려면 나부터 먼저 갖추어야 할 것이 있구나. 무엇부터 갖추어야 한다고 생각하니?

어둠 속 그 도마뱀은

현보야, 우리가 만약 3년 정도 꼼짝도 못 하고 어둠 속에 갇혀 있게 된다면 과연 어떻게 될까?

1964년 일본 도쿄에서 있었던 일이야. 이해에 일본은 올림픽을 앞두고 경기장 건설에 마지막 힘을 쏟아붓고 있었어. 좁은 경기장을 넓히려고 둘레에 있는 집들을 헐게 되었어. 그중 한 집을 허는데 벽에 붙어 있는 널빤지를 뜯어 내자 도마뱀 한 마리가 나타났어.

"이건 도마뱀 아니야? 이런, 꼬리에 못이 박혀 움직이지 못하네!"

도마뱀은 꼬리에 박힌 못 때문에 아무리 몸부림쳐도 못을 중심으로 동그라미만 그릴 뿐 달아나지 못한 거야.

"캄캄한 벽 안에 갇혀 어떻게 살았지?"

일꾼들은 집주인에게 집을 언제 지었는지 물어 보았어.

"3년 되었습니다. 그때 널빤지에 전기 망치로 못을 박은 적이 있습니다."

그때 꼬리에 못이 박혀 도망가지 못한 거였어.

도마뱀은 어둠 속에 갇혀 있어서 그런지 앞을 보지 못하고, 건드려야만 움직였어.

일꾼들은 도마뱀이 어떻게 하나 지켜보았어. 그런데 다른 도마뱀 한 마리가 먹이를 물고 나타났어.

"아, 이럴 수가!"

도마뱀은 3년 동안 갇혀 있었지만 친구 도마뱀 덕분에 지금까지 살아 있었던 것이었지.

"참으로 대단한 우정이야!"

"어쩌면 부부일지도 모르고."

일꾼들은 꼬리에서 못을 뽑고 도마뱀을 풀밭에 놓아 주었단다. 아마 지금도 잘살고 있을 거야.

도마뱀은 처음 못에 박혔을 때 삶을 포기하고 싶을 만큼 몹시 절망했을 거야. 하지만 친구의 도움을 받고 끝까지 희망을 포기하지 않았기에 마침내 자유의 몸이 된 것이 아니겠니.

어떠한 어려움이 있더라도 서로 도우면 희망이 있는 거야.
참고 견디어야 다시 영광을 얻을 수도 있고.

소는 왜 힘들게 일할까

현보야, 남에게 말을 전할 때 어떻게 해야 할 것 같니?

소가 지금처럼 땅에서 살기 전에는 하늘나라 옥황상제의 믿음직한 신하였대. 옥황상제는 소에게 심부름 시키는 것을 좋아하였어. 소는 무슨 일이든 말없이 잘 해냈거든.

어느 날 옥황상제가 땅을 내려다보며 말했어.

"저런, 사람들이 먹을 것을 구하느라 밤낮 없이 일을 하는구나. 사람도 좀 쉬어야지. 저러다가 크게 병이 나겠다."

옥황상제는 소를 불렀어.

"너는 땅으로 내려가서 내 말을 전하여라. '앞으로 사람들은 사흘에 한 번씩만 밥을 먹도록 하라'고. 그럼 일을 적게 해도 될 것이다."

"예, 그렇게 전하겠습니다."

명령을 받은 소가 땅으로 내려왔어.

소는 잠시지만 땅으로 내려온다고 하니 기분이 좋아졌

어. 콧노래를 흥얼거리며 냇가 둑을 따라 걸었어. 상큼한 풀냄새가 좋아서 연신 코를 킁킁거렸어.

그러다가 사람들에게 전해야 할 옥황상제의 말을 그만 잊어버리고 말았지.

'사흘에 한 번인가, 아니면 하루에 세 번? 에라, 모르겠다.'

사람들을 보자 소는 점잖게 말했어.

"여러분, 앞으로는 하루에 세 번 밥을 먹도록 하라고 옥황상제님께서 말씀하셨습니다. 잘 지켜 주십시오."

그리고는 하늘로 올라갔어.

"다녀왔습니다."

"수고했다."

옥황상제는 다시 땅을 내려다보았어.

"아니, 사람들이 더 바쁘게 일을 하네. 사흘에 한 번만 먹으면 쉬어 가며 천천히 일을 해도 될 텐데, 어찌 된 일이지?"

옥황상제는 소를 불렀어.

"너는 사람들에게 무어라고 말했느냐?"

"하루에 세 끼를 먹으라고 전했습니다."

"무엇이라고? 나는 사흘에 한 끼를 먹으라고 했는데!"

"어이쿠, 제 잘못입니다. 제가 분명히 알고 제대로 전해야 했는데. 아니 되겠습니다. 제가 땅으로 내려가서 일을 도와야겠습니다."

소는 서둘러 다시 땅으로 내려왔어.

그때부터 소는 하늘나라로 돌아가지 못하고 그저 열심히 일을 하게 되었다고 해.

남에게 말을 전할 때에는 반드시 정확하게 전해야겠구나. 그리고 땅으로 내려와 일을 하게 되었지만, 자기 행동에 책임을 지는 소의 모습도 본받을 만하구나.

천하 명약이 내 손에

현보야, 세상 모든 병을 고칠 수 있는 약이 있다면 어디에 있을 거라고 생각하니?

옛날 어느 곳에 부자가 있었어. 부잣집에는 없는 것이 없었어. 먹을 것이 곳간에 넘쳐나고 금은보화도 방마다 가득했어. 그런데 아들이 없었어. 그것이 늘 걱정이었어.

"돈이 많으면 뭐 하나? 아들이 없는데…."

그러던 어느 해였지. 하늘이 도왔는지 부인이 아들을 낳았어. 부자는 아들에게 돈을 펑펑 썼어. 좋은 옷에 좋은 음식을 먹이며 꼼짝도 못 하게 했어.

"혹시 다칠지 모르니 부인이 아이를 따라가구려. 내일은 내가 따라가리다."

부자는 아들을 마당에도 내보내지 않았어. 아들은 먹기만 하고 움직이지 않으니 그만 병이 나고 말았어.

"아이고, 큰일이다. 큰일!"

부자가 좋다는 약은 다 사다 먹이고 의원을 데려다

날마다 살펴보게 하였지만 아들은 일어서기조차 힘들게 되었어.

"아들을 살리는 사람에게 내 재산 반을 주겠다."

많은 의원이 다녀갔지만 헛일이었어.

이때 이 집의 꾀쟁이로 통하는 어린 머슴이 나섰어.

"마님, 제가 고쳐 보겠습니다."

"네가 뭘 안다고?"

"어젯밤 꿈속에 신선이 나타났습니다. 제가 도련님 병을 물었습니다."

"그랬더니?"

"지난해 홍수로 자갈밭이 된 갯밭에 귀한 약이 묻혀 있다고 합니다. 그걸 찾아내면 도련님 병을 고칠 수 있다고 했습니다."

"그래? 머슴들은 당장 가서 돌멩이를 모두 주워 내어라."

"아닙니다. 도련님이 주워 내어야 한다고 했습니다. 도련님 눈에만 그 명약이 보인다고 했습니다."

"우리 아이에게 힘든 일을 시켜야 한다고?"

"죽는 것보다는 낫지 않겠습니까?"

"으음."

이리하여 아들은 돌멩이를 줍게 되었어. 처음에는 조

금만 주워도 힘이 들어 끙끙 앓곤 했어. 그러나 날이 갈수록 줍는 시간이 길어지고, 배도 고파져서 밥도 조금씩 먹게 되었어.

이윽고 돌멩이를 거의 다 주웠을 때에는 밥도 잘 먹고 잠도 깊이 들게 되었어. 그런데도 약병은 나오지 않았어.

부자가 꾀돌이에게 재산을 나누어 주기 싫어서 따졌어.

"나온다던 약은 어디에 있느냐?"

"벌써 나왔습니다."

"뭐라고? 말장난하느냐. 나는 보지 못했다."

"도련님이 그 약 덕분에 밥도 잘 드시고 잠도 잘 이루지 않습니까. 그 약은 지금도 나오고 있습니다."

"······."

인색한 부자였지만 아들이 건강하게 된 것을 보고는 재산을 나누어 주지 않을 수 없었지.

어떠니, 열심히 일하는 것이야말로 세상에서 가장 귀한 약이라고 할 수 있겠구나.

내일 집을 짓겠다고

현보야, 아직은 날씨가 무척 춥구나. 이 겨울 산속에 있는 새들은 어떻게 추위를 이길까?

아버지가 어렸을 때는 겨울이면 초가지붕 밑으로 파고드는 참새들을 많이 볼 수 있었단다. 그런데 요즘은 초가집이 없어서 그런지 겨울이 되어도 참새들이 잘 보이지 않더라.

눈이 많다 하여 대설산(大雪山)으로도 불리는 히말라야 산에 가면 참새보다 더 작은 야맹조(夜盲鳥)라는 새가 있다고 해.

이 새는 추위를 이기기 위해 몸집을 키우려고 해도 먹을 것을 구할 수가 없어서 늘 작은 몸집으로 살아간대. 또 둥지도 없대. 그러다 보니 추워서 늘 오들오들 떤다고 해. 밤이 되면 더욱 그렇대. 낮에는 양지쪽을 찾아 꼬박꼬박 졸다가 밤이 되면 다른 새 둥지에 가서 애걸복걸한대.

"하룻밤만 재워 주십시오, 한 번만."

이 새는 장님 흉내를 내며 남의 둥지를 찾아다닌대. 잠자리를 구하면 다행이지만 못 구하면 나뭇가지 위에서 구슬피 운다는구나.

"내일이면 집을 지으리."

"날이 새면 집을 지으리."

그런데 이상하게도 이튿날 날이 밝으면 또 깜박 잊고 양지쪽 햇볕만을 찾아다니다가 또 밤을 맞는대. 그러면 다시 똑같은 소리로 울어 대곤 한대. 그래서 지금도 이 새는 집이 없다는구나.

이 겨울 아침에도 이 새는 발목이 시려 동동거리고 있을지 모르겠구나. 한고조(寒苦鳥)라고 불리는 이 새. '추운 곳에서 고생하는 새'라는 뜻이야. 만약 이 새에게 "세상에서 가장 무서운 것이 무엇이냐?" 하고 물으면 무엇이라고 대답할 것 같니? 아마도 이 새는 이렇게 대답할 것 같구나.

"내일!"

참으로 강한 사람은 오늘 할 일을 오늘 다 하는 사람이라고 할 수 있겠구나.

너는 누구를 살릴래

현보야, 너와 딸의 생명 중 하나를 선택해야 한다면 너는 어떻게 할래?

미국 뉴욕에서 있었던 일이야.

"임신입니다, 축하합니다."

36살 주부인 엘리자베스는 임신을 확인하자 남편과 함께 기쁨의 눈물을 흘렸어.

엘리자베스의 기쁨은 남달랐어. 허리뼈에 생긴 암 치료를 위해 여러 번 수술을 받았고, 항암 치료를 받고 있었기 때문이었어. 임신을 할 수 없다는 판정을 받았는데 기적 같은 일이 일어난 것이지.

그런데 그 기쁨은 오래가지 못했어. 석 달 정도 지나자 엘리자베스의 몸이 이상해졌기 때문이었어. 암이 재발한 거야.

"다시 종양 제거 수술을 받아야 합니다."

"그럼 아기는 어떻게 되지요?"

"암 덩어리가 어디에 어떤 모양으로 퍼졌는지 알려면

전신 스캔 촬영을 해야 합니다. 그렇게 되면….”

의사는 말끝을 흐렸어.

아기의 생명을 살릴 수 없다는 것이었어.

“아, 안 돼요.”

엘리자베스는 머리를 감싸 쥐었어.

“그럴 수 없어요, 제발….”

지켜보는 남편이 말했어.

“우선 당신이 건강해야 해요. 그래야 다시 아기도 가질 수 있지.”

“아니에요, 내가 살기 위해 아기를 버릴 수는 없어요.”

엘리자베스는 자기 배를 어루만졌어.

“안 돼요. 우선 당신이 살아야 해.”

남편은 아내를 달래었어.

“나의 몸에서 새롭게 태어나는 생명이에요. 나는 우리 아기를 살릴래요. 내가 죽는 것은 두렵지 않아요.”

엘리자베스는 끝내 고집을 꺾지 않고 암 치료를 포기하였어.

이윽고 몸이 약해질 대로 약해진 엘리자베스는 아기를 더는 뱃속에 둘 수 없었어. 여덟 달이 지나자 인공분만으로 아기를 낳고, 이름을 릴리(Lily)라고 지었어. 릴

리는 '향기 나는 백합'이라는 뜻이야.

엘리자베스는 겨우 한 달 반 동안 릴리를 안아 볼 수 있었어. 암이 허리는 물론 심장과 허파까지 퍼져서 숨도 제대로 쉴 수 없었기 때문이었어. 치료를 하기에 너무 늦고 말았어.

"릴리야, 오래 너를 보살펴 주지 못해 미안해."

결국 엘리자베스는 사랑하는 딸 릴리와 작별할 수밖에 없었어.

'여자는 약하다. 그러나 어머니는 강하다'는 명언이 있지. 정말 어머니의 사랑은 한없이 넓고 깊은 것 같구나.

어떻게 신선이 되나

현보야, 남을 많이 도와야 한다는데 어떻게 하면 잘 도울 수 있을까?

옛 중국 오나라에 동봉이라는 소년이 살았어. 동봉의 어머니는 일찍 혼자가 되어 형편이 어려웠지만 남을 도와 가며 동봉을 잘 키우려고 애썼어.

어머니는 집 둘레에 살구나무를 많이 심었어. 살구를 내다 팔고, 굶주린 사람이 구걸하러 오면 따 주기 위해서였지.

이 소문을 듣고 많은 행인들이 찾아왔어.

어느 날 어린 동봉은 꽃이 핀 살구나무 가지를 꺾어 놀았어.

"이 철없는 것아, 이 나무는 사람을 살리는 나무다. 이런 귀한 나무를 함부로 꺾다니!"

동봉은 어머니에게 크게 혼이 났어.

"으음…."

그 뒤 동봉은 점점 자라서 청년이 되었어.

"나는 병들어 고생하는 사람들을 도와주는 의사가 되어야겠다."

동봉은 열심히 의학책을 읽었어. 약재에 대해서 많은 연구를 하였지.

"살구는 배고픔을 없애 주지만, 목마름과 기침 가래를 없애 주는 귀한 약이기도 하구나. 어머니가 살구나무를 많이 심은 데에는 다 까닭이 있었어."

동봉의 의술은 점점 늘어 갔어. 나라 안에서 제일가는 의사라는 소문이 났어.

사람들이 치료를 받으려고 몰려왔어.

"동봉이라는 의사는 못 고치는 병이 없대."

"그뿐이 아니래. 병을 고쳐 주고 돈을 받지 않는대."

"그럼 어떻게 해?"

"대신 살구나무를 한 그루 갖다 심어 주면 된대. 중병일 때에는 다섯 그루래."

정말 동봉은 치료비 대신 나무만 심게 했어.

동봉이 사는 마을은 물론 뒷산에까지 전국 방방곡곡에서 가져온 여러 종류의 살구나무들이 숲을 이루었어.

동봉은 이 살구나무에서 약을 얻고, 열매를 곡식과 바꾸어 가난한 사람들에게 나누어 주었어.

사람들은 동봉을 가리켜 신선이라고 했어. 나이가 팔십이 넘어서도 얼굴은 여전히 소년 같았거든.

그래서 동봉이 가꾼 살구나무 숲을 동선행림(董仙杏林)이라고 불렀어. '동봉 신선이 가꾼 살구나무 숲'이라는 뜻이야.

그 뒤 '행림춘만(杏林春滿)'이라는 고사성어도 생겨났는데, 이 말은 '살구나무 숲에 봄이 가득하다'는 뜻으로, 자선을 베푼 동봉의 가슴이 넉넉하다는 뜻을 품고 있어.

지금도 동봉이 살았던 중국 장시성 루산에 가면 살구밭 흔적이 남아 있대.

그리고 동봉의 이야기는 《신선전》에 기록되어 지금까지 전해지고 있고.

참된 의사의 모습을 보여 준 동봉의 이야기에서 우리는 남을 어떻게 도와야 하는가에 대한 깊은 교훈을 얻을 수 있구나.

운명은 어떻게 바뀌나

현보야, "사람의 운명은 정해진 것이 아니고 만들어 가는 것이다."라는 말이 우리에게 주는 교훈을 생각해 본 적 있니?

킹사이즈나 퀸사이즈란 말을 들어 보았을 거야. 둘 다 큰 크기를 가리키는데 킹사이즈는 남자용품, 퀸사이즈는 여자용품의 크기 같구나.

그런데 원래는 퀸사이즈로 시작했는데, 이를 본떠 킹사이즈도 나왔다고 해.

미국에 오스틴이라는 사업가가 있었어.

오스틴은 여자 옷을 파는 사업을 했는데, 경제공황을 겪으면서 매우 어려운 시기를 보내게 되었어. 물건이 제대로 팔리지 않아 여러 번 망하기 직전까지 가곤 하였어.

오스틴은 어느 날 가게에서 무엇인가 말하려다 머뭇거리며 돌아서는 손님을 보았어.

"무엇 때문에 그러십니까?"

"아닙니다. 혹시 저에게 맞는 옷이 있을까요?"

손님은 매우 뚱뚱하였어. 혼자서는 승용차에 오르기도 힘들 정도로 뚱뚱했지.

"엑스라지(XL)밖에 없는데….."

"그렇지요. 어디에 가도 저에게 맞는 옷은 없는 것 같아요."

손님은 부끄러운 얼굴로 돌아가려 했어.

"잠깐만요, 내일 이맘때 들러 주십시오. 투 엑스라지(XXL)로 만들어 놓겠습니다."

"어쩌면 그것도 작을지 몰라요. 쓰리 엑스라지(XXXL)라면 몰라도…."

"그렇다면 제가 허리둘레를 재어서 꼭 맞게 만들어 두겠습니다."

"으으…."

손님은 부끄러운 얼굴로 돌아갔어.

이튿날 그 손님은 가게에 나타나지 않았어.

'너무 큰 사이즈라는 것이 부끄러워서 나오지 않는 모양이로군.'

오스틴은 옷을 포장하여 손님의 집을 찾아갔어.

뚱보 손님은 겨우 몸을 가누며 오스틴을 맞이하였어. 그러나 표정은 여전히 어두웠어.

"이건 엑스엑스라지가 아니고 퀸사이즈입니다. 여왕
이 입는 풍성한 크기의 옷입니다."

"네?"

비로소 뚱보 손님은 여왕을 떠올리며 미소를 지었어.

오스틴은 모두가 스몰(S), 미디움(M), 라지(L), 엑스라
지(XL) 네 종류 크기의 옷에 매달려 있을 때 퀸사이즈를
떠올리며 새로운 시장을 열어 나갔던 거야.

개척자는 언제나 좌절하지 않고 새로운 발상으로 새로운 세상
을 열어 나가는 법이지.

벽돌공처럼

열심히 만든 완성물이 불에 타 버리면 어떤 심정일까?

"드디어 완성이다."

토머스는 2년에 걸쳐 쓴 역사 원고를 완성하였어. 다음 날, 친구 존을 만나 원고를 건넸어.

"2년 동안 열정을 바쳐 완성한 원고이네. 자네가 먼저 읽어 주게."

"고생했네. 차근차근 읽고 내 의견을 말하겠네."

그런데 며칠 후 존이 헐레벌떡 달려왔어.

"토머스, 큰일 났네. 자네의 원고가 불타 버렸네."

청천벽력 같았어. 존의 집 하녀가 쓰레기인 줄 알고 원고를 불쏘시개로 쓴 것이었어.

토머스는 절망했어. 2년의 피나는 성과물이 한순간에 사라지니 허망한 마음을 다스릴 수가 없었지. 아무것도 생각할 수 없고, 아무것도 할 수 없었어. 매일 휘청휘청 거리를 쏘다녔어.

어느 날, 공터에 나가 있었어. 한쪽에서 벽돌공이 담

장을 쌓고 있었지. 멍하니 바라보던 토머스의 눈동자가 초점이 모아졌어. 벽돌공은 벽돌 한 장 한 장을 차곡차곡 쌓아 올렸어. 벽돌을 한 줄씩 쌓을 때마다 담장이 점점 높아졌어.

"처음부터 높은 담장은 없어. 벽돌공이 벽돌을 한 장씩 쌓듯이 다시 쌓아 나가는 거야."

토머스는 머리를 세차게 흔들었어.

"내 머릿속에서 사라진 게 아니야. 다시 시작하는 거야."

토머스는 마음을 추스르고 책상 앞에 앉았어.

"벽돌 한 장을 쌓듯, 프랑스 혁명의 역사 한 장을 쓰는 거다."

토머스는 첫날 원고 한 장을 썼어.

"이제 시작이다."

하루 한 장씩, 벽돌공이 벽돌을 쌓았듯이 차곡차곡 써 나아갔어.

토머스 칼라일은 이렇게 끈질긴 집념으로 최고의 야심작인 《프랑스 혁명사》를 완성하였단다.

개똥 속에서 빛을 내 봐

알사탕만 한 보석을 본 적 있니? 누구에게는 그것이 세상에서 가장 귀한 것이라는데 얘기를 들어 보자.

부잣집 마님이 진주알을 잃어버렸어. 아주 값비싼 것으로, 하나밖에 없는 보석이었지.

마님은 하인들을 불러 놓고 닦달했어.

"진주를 찾지 못하면 모두 볼기를 칠 것이다."

하인들은 집 안 구석구석을 헤집듯이 다 찾아 보았어. 하지만 어디에서도 찾지 못했어.

화가 치민 마님이 하인들을 불러 모았어.

"발도 손도 없는 진주가 저절로 없어지겠느냐. 이는 틀림없이 너희들 중 누군가 훔쳐 간 것이다. 지금이라도 실토하면 죄를 용서할 것이다."

하지만 누구도 도둑질한 적이 없는데 어떻게 실토를 하겠어.

"너희들이 매를 들어야 자백을 하겠구나. 도둑을 잡고 말 것이다."

마님은 하인들을 차례로 심문했어. 구슬리고 윽박질
렀지.

"안 되겠다. 볼기를 쳐라."

집 안은 종일 비명 소리로 아우성이었어.

다음 날, 바깥마당의 암탉이 병아리들을 이끌고 거름
터로 나갔어.

암탉은 거름을 헤쳐 모이를 찾았어.

"삐악삐악!"

귀여운 병아리들은 어미 닭을 따르며 낟알을 찾느라
바쁘게 울어 댔어.

콕콕!

암탉의 부리에 무언가 딱딱 부딪쳤어.

"어이쿠, 이게 뭐야?"

암탉은 발가락으로 반짝거리는 것을 헤집어 냈어.

그건 알사탕만 한 진주알이었지.

"에이, 재수없어. 못 먹는 거잖아. 하마터면 부리 다 칠 뻔했잖아."

암탉은 진주알을 냅다 걷어찼어.

또르르─.

진주알은 저쪽 길가에 있는 개똥 속으로 쏙 들어가 박혔어.

안마당에서는 마님의 앙칼진 목소리가 더 높아졌어.

"그게 얼마나 값진 보석인 줄 아느냐. 세상 무엇과도 바꿀 수 없는 진귀한 것이다. 오늘 해 떨어질 때까지 못 찾으면 너희들을 관가에 고발할 것이다."

허허, 죄 없는 하인들을 볼기 치는 것도 모자라 관가에 고발까지 한다니….

곧 볼기 맞는 하인들의 비명 소리가 들리는 것 같구나.

이럴 때는 무엇이라 말을 해 주고 싶니? 이 아버지가 속 시원히 한마디 해야겠다. "개똥이나 먹어라." 하고.

학력이 중요할까

현보야, 큰일을 하려면 어떠한 마음가짐이 필요할까?

미국의 제17대 대통령인 앤드루 존슨은 초등학교도 다니지 못했지만 대통령이 되었고, 러시아로부터 알래스카를 사들여 국토를 넓힌 대통령으로 높이 칭송받고 있단다.

그는 세 살에 아버지를 여의고 몹시 가난하게 살았어. 그래서 학교 문턱에도 가 보지 못했지.

열 살이 되자 양복점에 들어가 성실하게 일했고, 열여덟 살이 되어 구두 수선공의 딸과 결혼한 후에는 읽고 쓰는 법을 배우게 되었어.

그 뒤 사람들이 어려워하는 일을 앞장서서 도와주다 보니 정치가가 되었고, 주지사·상원의원을 거쳐 마침내 제16대 대통령인 링컨을 보좌하는 부통령까지 되었어. 정규 교육을 받지 못한 존슨이 숱한 고난을 보란듯이 이겨낸 것이지.

그런데 그 무렵 링컨 대통령이 암살되고 말았어. 존

슨은 대통령 후보로 출마하였어. 그러자 상대편이 맹렬히 공격하였지.

"한 나라를 이끌어 가는 대통령이 초등학교도 나오지 못하다니 말이 됩니까. 우리나라를 까막눈에게 맡길 수는 없습니다."

존슨은 침착하게 되받아쳤어. 한마디 말로 상황을 뒤엎었지.

"여러분, 저는 지금까지 예수님이 초등학교를 다녔다는 말을 들어 본 적이 없습니다. 예수님은 초등학교도 못 나왔지만 지금도 전 세계를 구원의 길로 이끌고 계시지 않습니까?"

"존슨 후보의 말이 맞아."

"존슨은 믿음직해!"

"국민 여러분, 이 나라를 이끄는 힘은 학력이 아니라 올바른 판단과 굳센 의지에 대한 여러분의 적극적 지지에서 나옵니다."

"옳소!"

그리하여 존슨은 마침내 미국 제17대 대통령이 되었어.

그 무렵 존슨은 알래스카를 사들일 계획을 세웠어. 물론 반대가 심하였어.

"알래스카는 얼음에 뒤덮여 아무짝에도 쓸모없는 땅입니다. 또한 너무 멀리 있습니다. 국민의 세금을 낭비해서는 안 됩니다."

"아닙니다. 비록 알래스카가 얼음에 덮여 있다고는 하지만 땅속에 수많은 지하자원이 있을 것입니다. 우리가 나라를 키우고 부강해지려면 그 정도는 감당해야 합니다."

존슨은 수많은 반대를 물리치고 알래스카를 미국 땅으로 만들었어.

결과는 어떠했을까? 지금 미국은 알래스카에서 석유를 비롯한 수많은 지하자원을 캐내고 있어. 뿐만 아니라 한대 밀림의 많은 목재, 넓은 연안에서 나오는 풍부한 수산물까지 쏟아져서 그야말로 미국의 보물 창고가 되었어.

이제야 미국 국민들은 그때 존슨 대통령의 결단을 크게 고마워하고 있단다.

판단력은 지도자가 갖춰야 할 중요한 요소라고 하지. 앤드루 존슨 대통령의 신념에 찬 모습을 본받아야겠구나.

꿈 같은 행복

현보야, 사람들은 누구나 행복하기를 원하지. 행복이란 무엇일까?

나이 많은 일꾼이 있었어. 낮에는 온갖 힘든 일을 하고, 밤이면 단잠을 자며 꿈을 꾸었어. 부자가 되어 좋은 옷을 입고, 가족들과 함께 맛난 음식을 먹고, 가난한 사람들을 도와주는 꿈이었지.

다음 날이면 여전히 힘든 일을 하고, 다시 밤이면 꿈을 꾸었어. 꿈 속에서 왕이 되어 신하를 거느리고 나랏일을 하였지. 백성들은 어진 임금을 받들었어.

함께 일하는 젊은 일꾼이 노인에게 말했어.

"늙어서도 고생을 하시니 참 안되셨습니다."

노인이 말했어.

"내가 80 평생을 산다고 하면 하루 중 반은 낮이고 반은 밤이 아닌가. 반은 고된 일 하는 일꾼이지만 반은 꿈속에서 부자도 되고 임금도 되는데 뭐 그리 힘들겠나. 나는 내 삶에 만족하다네."

한편 노인 일꾼을 부리는 주인은 부러울 게 없는 부자였어. 부자도 밤마다 꿈을 꾸었어. 가뭄으로 흉년이 들고, 장마가 져 곡식이 쓸려 농사를 망치고 말았어. 도둑이 들어와 창고를 털고, 강도를 만나 몸을 다치고, 한순간 재산을 몽땅 날리고 거지가 되는 꿈이었어.

부자는 어릴 적 친구에게 악몽에 대해 얘기했어.

"하루도 편한 밤이 없네."

친구가 위로하며 말했어.

"가진 것이 많다 보니 그것을 잃을까 봐 불안한 거네. 생시에도 꿈에서도 행복하기를 바란다면 가진 것을 덜어 줘 보게."

"덜어 주라고?"

"가난한 사람을 도와주고, 뜻있는 일에 재산을 기부해 보게."

주인은 의사의 처방이다 생각하고 이웃들에게 인정을 베풀었어. 그러자 잠도 잘 자고 꿈에서도 즐겁고 편안했지.

정말 꿈 같은 행복이잖니!

나는 기다립니다

현보야, 개도 사람처럼 깊은 생각이 있을까? 있다면 어떠한 생각일까?

6년 동안 주인의 묘소를 지킨 개가 있어 화제가 되고 있단다. 멀리 아르헨티나 중부 카를로스 마을 공원묘지에 있는 카피탄이라는 개가 그 주인공이야.

비가 오나 눈이 오나 6년 전 세상을 떠난 주인 구스만 씨의 묘소 곁을 떠나지 않고 있대.

카피탄은 구스만 씨가 세상을 떠난 날 집에서 사라졌어. 장례를 치르고 돌아온 유족들은 아무리 찾아도 카피탄이 보이지 않자, 카피탄이 사고를 당해 죽었나 보다 하고 포기했어.

그리고 일주일 뒤 묘소에 갔는데, 바로 거기에 카피탄이 있었던 거야.

"아, 카피탄!"

가족들은 카피탄을 끌어안았어. 가족들을 본 카피탄은 마치 통곡을 하듯 울부짖더래.

"참 이상한 일이다. 묘소에 한 번도 데리고 온 적이 없는데 어떻게 찾아왔지."

구스만 씨의 부인 베로나 여사가 고개를 갸웃하며 묘지 관리인에게 물었어.

"어떻게 된 일입니까?"

"장례를 치른 다음 날 카피탄이 나타나더니 저 혼자 힘으로 묘지를 찾아내었습니다. 아무리 쫓아내도 다시 돌아오곤 하였습니다. 그런데 더 이상한 것은 저녁 여섯 시가 되어 기온이 내려가면 카피탄이 무덤 위에 올라가 감싸 안듯이 엎드린다는 것입니다. 정말 눈물겨워요."

"그랬군요. 우리 카피탄이 평소에도 식구들을 잘 따

랐어요."

그 뒤 가족들이 몇 차례나 카피탄을 집으로 데려왔지만 날이 어두워질 무렵이면 급히 주인 묘소로 되돌아가곤 했대.

그러자 묘소 관리인은 카피탄을 측은히 여겨 먹이를 주며 보살펴 주기 시작했어.

구스만 씨의 아들 데미안이 말했어.

"아마 카피탄은 죽을 때까지 아버지 묘소를 지킬 것 같습니다."

정말 카피탄은 지금도 주인의 묘지를 지키고 있다는구나.

욕할 때 앞에 '개'를 붙이는 사람이 있는데, 그러면 아니 될 거야. 인간에게 충성스러운, 좋은 친구인 개에게 어찌 이처럼 입에 담지 못할 욕을 함부로 할 수 있겠니.

석가모니 부처는 이 세상 만물이 불성을 가지고 있다고 했어. 즉 자비로운 마음을 가지고 있다는 것이지.

우리는 이 세상 모든 것을 공경하며 살아야 하는 거야.

무엇을 가르쳐야 스승인가

일을 할 때 어떠한 마음가짐을 가져야 할까?

어느 곳에 늙은 이발사가 있었는데, 한 젊은이가 기술을 배우러 찾아왔어. 젊은이는 부지런히 기술을 배워 마침내 첫 손님을 맞게 되었어. 그동안 배운 기술을 발휘하여 정성 들여 머리를 깎았어.

그런데 손님이 거울을 들여다보더니 투덜거렸어.

"머리가 너무 긴 것 같은데."

젊은 이발사는 안절부절못하고 쩔쩔매었어. 그러자 스승 이발사가 웃으며 말했어.

"머리가 너무 짧으면 사람이 가벼워 보인답니다. 손님에게는 조금 긴 머리가 잘 어울리는데요."

그 말을 들은 손님은 금세 기분이 좋아졌어.

"듣고 보니 좋아 보이네요."

두 번째 손님이 들어왔어. 젊은 이발사가 다시 머리를 깎았어.

이발이 끝나고 거울을 본 손님은 역시 마음에 들지

않는 듯 말했어.

"너무 짧게 자른 것 아닌가요?"

이번에도 젊은 이발사는 아무런 대꾸를 하지 못하고 우물쭈물하였어. 그러자 옆에 있던 스승 이발사가 말했어.

"손님, 짧은 머리가 긴 머리보다 경쾌하고 정직해 보인답니다."

두 번째 손님도 흡족한 기분으로 돌아갔어.

세 번째 손님이 들어왔어. 더욱 조심스러워진 젊은 이발사는 정성껏 머리를 깎았어.

이발을 마치고 거울을 본 손님은 머리 모양은 마음에 들어 했지만, 시계를 보고는 불평을 늘어놓았어.

"너무 오래 걸리는군."

젊은 이발사는 역시 대꾸하지 못했어.

그러자 이번에도 스승 이발사가 나섰어.

"머리 모양은 사람의 인상을 좌우한답니다. 그래서 성공한 사람들은 머리 다듬는 일에 많은 시간을 투자하지요."

세 번째 손님 역시 매우 밝은 표정으로 돌아갔어.

문을 닫을 무렵 네 번째 손님이 들어왔고, 이발을 마친 뒤에 퉁명스럽게 말했어.

"솜씨가 좋은 건가, 20분 만에 깎으니 정성이 부족한 것 같기도 하고."

젊은 이발사는 무슨 말을 해야 할지 몰라 우두커니 서 있기만 하였어. 스승 이발사는 손님 말에 맞장구를 치며 말했어.

"시간은 금이라고 하지 않습니까. 손님의 귀한 시간을 아끼게 되었으니 우리도 참 기쁘군요."

그날 저녁, 젊은 이발사는 스승에게 왜 사람마다 좋게만 말했느냐고 물었어.

"세상 모든 일에는 양면성이 있다네. 장점이 있으면 단점도 있고, 얻는 것이 있으면 손해 보는 것도 있지. 하지만 세상에 칭찬을 싫어하는 사람은 없다네. 나는 손님의 기분을 상하게 하지 않으면서 자네에게 앞으로 어떻게 해야 할까를 가르친 것이라네."

세상 모든 일에는 이처럼 경험하면서 배울 점이 많구나.

허황한 꿈을 바꾸어

허황한 큰 꿈과 작지만 실제적인 꿈이 있다면 어느 것이 더 실속 있는 것일까?

갑수가 길을 가고 있었어.

한참 걸어 배고프고 목도 마를 때 눈앞에 산골 오두막이 보였어. 오두막에 다가가자 반대편에서 오던 을수와 마주쳤어.

"어디에서 오는 길이오?"

"나는 저 산 너머 산골 마을에서 왔소. 바닷가에 가면 먹을 것이 많다고 해서…. 당신은 어디에서 왔소?"

"나는 바닷가 마을에서 저 들판을 지나 왔소. 산골 마을에 가면 먹을 것이 많다고 해서…."

"허허허! 우리는 서로 반대로 생각하고 길을 떠나 왔구려."

"그러게 말이오. 하하하!"

갑수와 을수는 다 쓰러져 가는 오두막에서 함께 묵어 가기로 하였어.

"그나저나 배가 고픈데 먹을 것이 좀 없을까요?"

두 사람은 집 안을 샅샅이 뒤졌으나 아무것도 보이지 않았어.

그러다가 마루 밑에서 감자 몇 알을 겨우 찾아내었어.

"요건 혼자 먹어도 한입 거리도 안 되겠네."

"그러게 말이오. 그렇다면 지금 먹지 말고 내일 아침 떠나기 전에 먹도록 합시다. 지금 먹고 내일 아침에 아무것도 먹지 않는다면 틀림없이 가다가 쓰러지고 말 것이오."

"그렇겠구려. 그런데 너무 적으니 오늘 밤에 즐거운 꿈을 꾼 사람이 다 먹기로 합시다."

"그것도 좋겠소. 사람은 즐거우려고 살아가는 것이니

까요. 우리 중 누구라도 더 즐거운 사람이 나온다면 그것도 좋겠지요."

두 사람은 갈라진 지붕 틈으로 밤하늘을 올려다보며 잠이 들었어.

이윽고 아침이 되었어.

갑수가 먼저 입맛을 다시며 꿈 이야기를 했어.

"말도 마시오. 나는 어젯밤 꿈에 하늘나라 궁전으로 올라가 산해진미를 얼마나 많이 먹었는지 몰라요. 나만큼 즐거운 꿈을 꾼 사람은 없을 것이오."

그러자 을수가 말했어.

"그것 참 즐거웠겠소. 그런데 나는 더 즐거웠소. 당신이 맛있는 음식을 먹으려고 하늘나라로 올라가는 것을 보고, 나는 이거라도 먹어야지 하며 감자를 먹기 시작했소. 나는 이게 더 즐거웠소."

을수는 감자를 입에 넣으며 일어섰어.

결국 감자는 을수 차지가 되고 말았어.

허황한 꿈보다는 이룰 수 있는 꿈이 더 중요한 것 같구나.

모든 것은 나에게 달려 있다

현보야, 만약 너에게 어려운 일이 생긴다면 어떠한 생각을 가져야 그 위기에서 벗어날 수 있을까?

산골 마을에 농부가 아들과 함께 힘들게 살아가고 있었어. 농부의 가장 큰 기쁨은 열두 살 된 아들이 매우 똑똑하다는 것이었어.

"아버지, 왜 한숨만 내쉬세요?"

"농사지을 땅이 없으니까 그러지."

"뒷산 계곡 옆에 밭을 일구면 꽤 넓은 땅이 되겠던데요."

"나도 보았다. 하지만….."

"하지만 천도팔이란 놈이 자기 땅이라고 우길 것 같다는 말씀이시지요?"

"쉿, 누가 듣겠다. 천도팔이 이 마을 전체가 자기 땅이라고 우겨 대니 원."

천도팔은 이 고을 원을 지내고 지금은 물러앉아 마을 주인 노릇을 하고 있었어.

"아버지, 우선 사람이 살아야 할 것 아닙니까. 우선

밭부터 파 일구어요."

농부와 아들은 돌을 주워 내고 흙을 실어 와서 밭을 만들었어. 두어 달이 지나 밭이 완성되었을 때 천도팔이 와 보고는 고개를 끄덕였어.

"버려두면 못 쓸 땅이었는데 잘되었군. 농사를 잘 지어 보게."

그러고는 대답도 듣지 않고 횡하니 가 버렸어.

농부와 아들은 수수를 심고 콩도 심어 열심히 가꾸었어. 그런데 가을이 되어 추수할 때가 되자 난데없이 천도팔이 하인들을 이끌고 와서 농사지은 것을 마구 베어가는 것이었어.

"이게 무슨 짓?"

"내 땅에서 난 것이니 당연히 내 것이지."

농부가 자꾸 따지자 천도팔은 농부를 자기 집 광에 가두고 말았어. 광에는 이미 여러 사람이 잡혀와 있었어.

농부의 아들이 마을 사람들과 함께 천도팔의 마당으로 찾아가 외쳤어.

"어째 어른이 한 입으로 두 말을 하십니까? 농사를 지으라고 할 때는 언제고, 이제 와서 사람을 잡아 가둔다는 말입니까? 아버지를 풀어 주십시오."

그러데 천도팔은 어려운 문제로 상대방을 골탕 먹이는 것을 재미로 삼고 있었어.

"내가 내는 문제를 풀면 너의 청을 들어주겠다."

"좋습니다."

"첫 번째 문제는 이 그림 속 노파가 무슨 생각을 하고 있는지 알아맞히는 것이다."

천도팔이 펴 보인 그림에는 쪼글쪼글 할머니와 활짝 핀 모란꽃 그리고 그 아래에 강아지 한 마리가 달려오는 모습이 그려져 있었어.

"이 할머니가 모란꽃을 보면서 나도 젊었을 때에는 저렇게 아름다웠는데 지금은 이렇게 늙었구나 하면서 쯧쯧 혀를 차니 강아지가 자기를 부르는 줄 알고 달려오고 있네요."

뜻밖의 대답에 천도팔은 그만 입이 헤 벌어지고 말았어. 핑계를 대어 아니라고 하고 싶은데 둘러댈 말이 궁색해서 어물쩍 다음 문제로 넘어가고 말았어.

"한 문제 더 있다. 이 옆방을 무엇으로든지 꽉 채워라. 단 한 치의 틈도 있어서는 아니 된다."

"좋습니다. 누가 초 한 자루와 부싯돌을 가져다주십시오."

불빛으로 꽉 채우겠다는 농부 아들의 생각을 눈치 채고 천도팔은 얼른 말을 돌렸어.

"안 되겠다. 마지막 문제는 하늘의 해를 따다 마당에 갖다 놓는 것이다."

천도팔은 이제야 이기게 되었다는 표정으로 억지웃음을 지었어.

"그러지요. 그런데 해까지 올라가려면 사다리가 있어야 하니, 원님께서 사다리를 만들어 주시면 해를 따 오겠습니다."

"뭐라고?"

천도팔은 마침내 항복하고 말았어.

백성을 괴롭히던 천도팔은 마을 사람들을 풀어 주고 땅도 나누어 주었대.

사람들은 농부의 아들 덕분이라며 고마워하였단다.

성경에 이런 말이 있단다.
"지혜를 찾으면 얼마나 행복하랴. 슬기를 얻으면 얼마나 행복하랴. 지혜를 얻는 것이 은보다 값있고 황금보다 유익하다."
지혜와 용기를 길러 나가야겠구나.

제게 나라 하나를 주십시오

어떠한 말이 상대방을 기쁘게 해 주는 말일까? 어떠한 말이든 상대방에게 믿음을 주어야 할 것 같구나.

알렉산더 대왕 곁에 지혜로운 늙은 장수 한 사람이 있었어. 장수는 알렉산더 대왕이 잘못하는 일이 있으면 목숨을 내놓고 말하였어.

"백성을 괴롭게 하는 싸움을 해서는 안 됩니다."

"왕의 욕심을 위해 군사를 일으키는 일은 반드시 원망으로 돌아옵니다."

이렇게 충고를 서슴지 않는 늙은 장수는 싸움에 이기고도 무엇 하나 욕심내지 않았어.

어느 날 알렉산더 대왕이 싸움에 패하여 밀리고 있을 때였어.

"대왕님, 이 싸움에서 이기려면 적의 나라라고 할지라도 그 나라 백성들의 마음을 얻어야 합니다."

"어떻게?"

"사로잡은 포로 중에서 늙은 부모를 모시고 있거나

가정을 이룬 병사는 자기 집으로 돌려보내소서.”

“으음.”

그러자 풀려난 병사들은 가족에게 돌아가 다시는 알렉산더 대왕에게 덤벼들지 않았어.

세월이 흘러 늙은 장수는 은퇴를 하게 되었어.

“이제 저는 제대로 걸을 힘조차 빠지고 말았습니다.”

“그동안 고마웠소. 평생 나를 위하여 일하여 주었는데 떠나게 되다니, 참으로 서운하오. 소원이 있다면 한 가지 말해 보시오.”

장수는 서슴지 않고 말했어.

“폐하, 이번에 싸우는 나라를 빼앗아 저에게 주십시오.”

그러자 대신들이 소스라치게 놀랐어.

‘저 늙은이가 망령이 났나? 이번에 싸우는 나라는 지금까지 빼앗은 어떤 나라보다 큰 나라인데, 감히 그 나라를 달라고 하다니.’

대신들은 하나같이 반대하였어.

“무례한 요구입니다. 감히 폐하 앞에서 왕이 되려 하다니!”

“그렇습니다. 큰 나라를 다스리면서 반란을 꾀하려는 게 분명합니다.”

그러나 알렉산더 대왕은 오히려 기뻐하며 말했어.

"괜찮소. 이 나라를 가지시오. 그대는 내가 이 나라를 분명히 빼앗을 수 있다고 인정해 주었소. 다른 사람들은 매우 힘든 싸움일 것이라고 생각하는데, 그대만은 나를 믿어 주었소."

늙은 장수는 그 나라의 왕이 되었어. 그러고는 그곳을 아주 살기 좋은 나라로 만들어 놓고 세상을 떠났어.

그 나라는 다시 알렉산더 대왕이 다스리게 되었고.

늙은 장수도 훌륭하지만 알렉산더 대왕도 매우 넓은 마음을 가졌구나. 큰 사람은 초라한 발상을 하지 않지. 사람의 말 속에 그 사람이 모두 들어 있단다.

새 세상을 얻으려면

현보야, 만약 어려운 문제에 부닥치면 어떠한 자세가 필요할까?

한 대학교에서 동물의 심리를 실험하기 위하여 토끼 두 마리의 다리에 똑같이 석고붕대를 감았어. 두 토끼는 다리 하나를 제대로 쓸 수가 없게 되었어.

그러자 한 마리는 답답함에서 벗어나기 위해 있는 힘을 다해 발버둥 쳤어. 먹이를 주어도 먹지 않고 붕대만 물어뜯었어.

"다리가 무거워 제대로 움직일 수가 없는데 먹이만 먹으면 뭐 해."

아마 이런 생각을 하지 않았을까 싶어.

이 토끼는 그만 힘이 다 빠졌고, 이빨도 모두 닳아 버렸어. 먹이를 주어도 먹을 수조차 없게 되었어.

그런데 다른 한 마리는 처음 토끼와 마찬가지로 석고붕대를 물어뜯기도 하고 뒹굴기도 하였지만, 입으로는 어찌할 수 없다는 걸 깨달았어.

'이건 돌덩이같이 단단하구나. 물어뜯기보다는 다른 방법을 찾아야 해.'

토끼는 먹을 것을 주는 대로 먹으며 생각에 잠겼어. 그러다가 기둥을 발견하자 그 기둥에 붕대 감긴 다리를 탁탁 쳤어.

힘이 들면 다시 먹이를 먹고 쉬었어. 그러다가 다시 힘을 내어 기둥에 다리를 치곤 하였어.

이윽고 점점 석고붕대가 깨어져 나가면서 토끼는 자유의 몸이 되었어.

"아, 이제야 살 것 같구나."

같은 어려움이 있어도 어떤 사람은 그것 때문에 쓰러지고, 어떤 사람은 마침내 그것을 이겨 내고 일어나지. 두 번째 토끼는 주저앉지 않고 새로운 방안을 찾아내어 마침내 자유의 몸이 되었어. 시간은 오래 걸렸지만 결국은 살아남았지.

우리에게 닥쳐 오는 문제를 넓게 보고 그 문제의 답을 찾아야 해. 넓게 보면 문제는 작아지는 법 아니겠니.

지금도 날 수 있었을 텐데

자기 몸무게만큼이나 큰 먹이를 한꺼번에 삼키면 어떤 일이 일어날까?

넓고 깊은 바다 위로 갈매기들이 부지런히 날아다니며 먹이를 찾고 있었어.

"저게 내 입에 꼭 맞겠다."

"나는 이쪽이 맞겠다. 그런데 너무 빨라 잡지 못할 것 같아."

갈매기들은 각각 자기 입 크기에 맞는 물고기를 물어 올리기도 하고 물러나기도 하였어.

"저기 큰 물고기가 느릿느릿 움직인다."

그중 한 갈매기가 느릿느릿한 큰 물고기를 보고는 쏜살같이 내려왔어. 물고기는 난데없는 공격을 받고 그만 정신을 잃고 말았어.

그런데 물고기가 얼마나 무거웠던지 혼자 힘으로는 도저히 끌어올릴 수가 없었어. 갈매기는 함께 날고 있던 갈매기들에게 신호를 보내었어.

"끼욱끼욱!"

그러자 옆에 있던 갈매기들이 내려와 함께 물고기를 발로 집어 올려 가까운 바위 위로 옮겼어.

'크다. 그런데 나눠 주기는 아깝군.'

갈매기는 먹이를 쪼다 말고 한입에 널름 삼키고 말았어. 입이 찢어지고 목구멍이 막히는 것 같았어. 눈물도 찔끔 났어.

'조금만 참으면 소화되어 내려갈 거야. 그럼 며칠 먹지 않아도 견딜 수 있어.'

큰 물고기를 삼킨 갈매기는 눈을 감은 채 숨을 몰아쉬었어. 먹이가 너무 커서 숨조차 제대로 쉴 수 없었던 거야. 콰르르 파도가 몰려왔지만 꼼짝하지 못했어.

"이크! 집채보다 큰 파도가 몰려온다."

다른 갈매기들은 서둘러 날아올랐어. 그러나 큰 물고기를 삼킨 갈매기는 몸이 무거워 날아오를 수가 없었어.

철썩 쏴르르.

바위를 덮친 파도는 누워 있는 갈매기를 여지없이 쓸어가 버렸어.

"에쿠, 에쿠 갈매기 살려."

그때 파도를 타고 있던 바다사자가 갈매기를 보았어.

"웬 갈매기냐. 먹음직스럽군. 다른 갈매기의 두 배는
되겠어."

바다사자는 갈매기를 따라와 꽉 깨물었어. 갈매기는
얼른 먹이를 뱉어 내고 도망치려 했지만 먹이가 너무
커서 뱉을 수가 없었어.

"아, 배부르게 먹어 보려다 내가 먼저 죽네. 내 입 크
기에 맞는 걸 먹었어야 했는데, 욕심을 부렸다 이 꼴
이 되고 말았어!"

갈매기가 옆에 있는 갈매기들과 먹이를 나누어 먹었다면 지금
도 푸른 바다 위를 날아다니며 즐거워했을 텐데, 혼자 먹으려
다 목숨까지 잃고 말았구나.

팔자를 어떻게 만드나

　현보야, 사람의 운명은 어떻게 결정될까? 너도 '사주팔자(四
柱八字)'라는 말을 들어 본 적 있지?
　사주팔자란 옛 동양 사람들이 생각해 낸, 인간의 운명을 지
탱한다는 네 기둥과 그것을 표현하는 여덟 글자를 말해. 그러
니까 태어난 연(年)·월(月)·일(日)·시(時)를 사주라고 하고, 이
사주에 붙는 간지(干支) 그러니까 정해(丁亥)니 신묘(辛卯)니 하
는 글자를 팔자라고 하는데 이것이 모여서 사람의 운명을 결정
한다고 믿었지.

　옛날 어느 산골에 가난한 농부 부부가 겨우겨우 살아
가고 있었어. 부부는 아들 없는 것이 무엇보다도 가장
안타까웠어.
　그런데 기쁜 일이 생겼어. 아침저녁으로 기도를 올리
며 정성을 다한 덕분인지 오십이 넘은 나이에 아들을
낳은 거야. 농부 부부는 아들을 정성껏 길러서 어느새
열 살이 되었어.
　서당에 보냈더니 양반집 아이가 아닌 데다 돈을 낼

형편이 안 된다며 글을 가르쳐 주지 않았어. 아이는 어쩔 수 없이 담 너머에서 글 읽는 소리를 들으며 땅바닥에 글씨를 쓰곤 하였어.

그때 마을에 유명한 점쟁이가 왔다며 사람들이 몰려갔어. 아이의 부모도 아이를 데리고 점쟁이를 찾아갔어.

"이 아이는 집을 떠나 십 년을 빌어먹어야 비로소 사람 구실을 할 수 있소."

농부 부부는 귀한 아들을 떠나보내기 싫었어. 하지만 붙잡아 두었다가는 자기들처럼 가난하게 살 것 같아서 집을 떠나게 했어.

"아버지, 소는 아무리 커도 장군이 될 수 없지요. 기왕 떠난다면 제 팔자를 바꾸어 보고 싶습니다. 글씨를 잘 쓰는 뒷집 할아버지에게 가서 제가 부르는 대로 써 달라고 하십시오."

아이는 아버지에게 귓속말로 자기 팔자를 불러 주었어. 아이는 자기 팔자를 적은 종이를 옷섶에 넣고는 어머니에게 단단히 꿰매어 달라고 했어. 그러고는 길을 떠났어.

어느 곳에 이르니 글 읽는 소리가 났어. 그곳은 서당이었어.

"저는 갈 데 없는 고아입니다. 이 서당에서 나무도 패고 심부름도 할 테니 그저 재워만 주십시오."

서당에서 일하게 된 아이는 열심히 일하며 공부했어. 그런데 늘 자기 옷섶을 한 손으로 누르곤 했어. 이상하게 생각한 서당 아이들이 어느 날 아이가 깊이 잠들었을 때 옷섶을 몰래 열어 보았어.

거기에는 이렇게 쓰여 있었어.

"이 아이의 아버지는 천석꾼이고, 아들은 정승이다."

서당 아이들은 놀란 나머지 얼른 훈장에게 알렸고, 훈장은 고을 원에게 알렸어.

"이렇게 귀한 아이에게 일만 시키다니!"

그때부터 아이는 힘든 일 대신 글공부만 하게 되었어. 그리고 마침내 과거에 급제한 아이는 아버지를 천석꾼이 되게 하였고, 자신은 물론 자신의 아들까지 정승이 되게 하였다는 이야기야.

사주팔자와 관계없이 지혜롭고 부지런한 사람이 되면 누구나 잘 살아갈 수 있구나.

귀가 커야만

남을 잘 이끌려면 어떤 마음가짐을 가져야 할까?

옛 중국 주나라에 노자라는 사람이 있었어. 노자는 공자, 맹자처럼 뒷날 사람들이 훌륭한 사람에게 붙여 준 또 다른 이름이고, 처음 이름은 이이(李耳)였대. 이 (耳)는 '귀'를 말하는데, 보통 사람보다 귀가 아주 커서 붙은 이름이래.

그러니까 성은 이씨이고, 이름은 '귀'였지. 노자는 이름처럼 어릴 때부터 남의 말을 흘려듣지 않고 잘 새겨서 들었대.

'코와 입은 하나인데 눈과 귀가 두 개인 까닭은 잘 보고 잘 들어야 한다는 뜻이야. 자세히 보고, 깊은 뜻을 생각하며 들어야 해.'

어린 노자의 이러한 태도를 보고 사람들은 노자가 크게 학문을 이룰 것이라고 믿었어. 아니나 다를까, 노자는 자라면서 많은 책을 읽고 어른이 되어서는 훌륭한 학자가 되었어.

노자는 나라에서 세운 큰 도서관의 관장 자리까지 올랐어. 노자는 여러 책을 지었는데 그중 《도덕경》은 오늘날까지 전 세계 사람들이 즐겨 읽는 책이 되었지. 이 책에 '약팽소선'이라는 말이 나와. 이 말은 '치대국(治大國)에 약팽소선(若烹小鮮)이라'라는 말에서 비롯된 것으로, 큰 나라를 다스리는 지도자는 작은 생선을 굽는 것처럼 조심해야 한다는 뜻이야.

조그만 생선을 잘 구우려면 어떻게 해야 할까? 약한 불에 살살 구워야 타지 않고 속까지 잘 익을 거야. 센 불에 올려놓으면 미처 뒤집을 틈도 없이 타 버리고 말 거야.

이 말은 무슨 일이든 스스로 하도록 도와주어야지 억지로 하게 해서는 아니 된다는 교훈을 주고 있어. 이처럼 억지로 하게 하지 않고 스스로 하도록 도와주는 것이 노자의 '무위철학(無爲哲學)'의 핵심이라고 할 수 있어.

공부도 마찬가지야. 스스로 하게 해야지 억지로 하게 한다고 되겠니? 무슨 일이든 옳은 일을 찾아내어 스스로 꾸준히 해 나가도록 하여라.

길은 어디에나 있다

현보야, '하나의 문이 닫히면 다른 하나의 문이 열린다'는 격언을 어떻게 생각하니?

목재를 다루는 조그마한 공장에서 열심히 일하던 남자가 있었어. 그런데 불황이 닥쳐 왔다는 이유로 해고를 당하고 말았어.

남자는 잠을 이룰 수가 없었어. 식구들은 많은데 들어오는 돈은 없었기 때문이었지.

여러 곳에 이력서를 내어 보았지만 모두 거절당했어. 그런데 더욱 참을 수 없었던 것은, 아무리 불황이라고 해도 가장 오래 일한 자신을 해고한 사장의 처사였어.

"어떻게 나를 쫓아낼 수 있어. 그동안 회사가 어려울 때마다 봉급도 제대로 받지 않고 열심히 일했는데…. 억울하고 분해서 용서할 수 없어."

그때 아내가 다정하게 말했어.

"여보, 사장도 다 사정이 있을 거예요. 당신이 용서하지 못하면 나중에 당신도 무슨 일을 하다가 잘못되었을 때 누구한테 용서받을 수 있겠어요."

"알겠소."

"지금 아무 곳에서도 당신을 받아 주지 않지요?"

"말이라고 물어요."

"지금 불황이어서 그래요. 그러니 당신이 직접 회사를 세워 보는 것은 어때요?"

"무슨 돈으로?"

"돈이 없어도 할 수 있는 일이 분명히 있을 거예요. 형편이 나아질 때까지 우리 모두 참을게요."

"좋아. 이렇게 주저앉아 있을 수만은 없지."

남자는 목재를 다루던 기술을 이용하여 작은 건축 회사를 차렸어. 처음에는 일감이 없어서 주로 남의 집 수리하는 일을 맡았어. 작은 일거리도 없어서 쩔쩔매었어. 하수구를 뚫어 주는 일부터 울타리를 고치는 일 등 닥치는 대로 하였어.

그러다 점점 일거리가 늘어나자 집도 짓고, 지은 집을 빌려 주기도 했어. 남자는 점점 사업을 키워 마침내 '홀리데이 인'이라는 세계적인 호텔 기업을 이루었어. 이 남자의 이름은 케몬스 윌슨인데, '홀리데이 인' 창업 당시 이렇게 말하였어.

"당신이 필요한 사람에게 자비를 베풀지 않는다면 당신 또한 다른 사람들로부터 제대로 대접받지 못할 것이다. 우리가 고객과 사원을 잘 돌본다면 그 밖의 모든 것들은 저절로 잘될 것이다."

마침내 '홀리데이 인' 호텔은 전 세계에 널리 퍼지게 되었어.

길은 언제나 열려 있는 게 분명해. 실패를 했다 하여 주저앉아 있으면 영원히 실패하지만, 새로운 것에 도전하여 길을 열면 언젠가는 성공하게 되는 거야.

성공은 우리의 의지와 노력에 달려 있구나.

이제 그 글씨에는

현보야, 처음 가졌던 깨끗한 마음을 잊어버리면 어떤 결과가 생길까?

옛날 가난한 선비가 약초를 팔아 겨우 끼니를 이어 가고 있었어. 약초는 깊은 산에 많아서 이곳저곳 많이 헤매야 하였어.

약초 종류가 많아지자 선비는 봉지마다 약초의 이름을 썼어. 구한 날짜와 장소까지 자세히 적었지. 그러지 않으면 언제 어디에서 구한 것인지 알 수가 없었기 때문이야.

또 약의 효능도 아는 대로 자세히 적었어.

"태백산 중턱에서 봄바람 맞으며 한나절 걸려 겨우 캤다. 산사람들은 만병에 좋다고 만병초라 한다고 했다. 이 약은 배 아픈 데에 좋지만 머리가 아픈 데에도 유용하다고 한다."

그러다 보니 봉지에 적은 것만 보아도 여러 가지를 생각할 수 있었어. 어떤 내용은 웃음이 나올 정도였어.

선비가 장에 나가 앉아 있으니 지나가던 사람이 약초 봉지를 유심히 보는 거야.

"약초 사시려고요?"

"아니요. 그 봉지만 팔 수 없소?"

선비가 의아해서 그 이유를 물었어.

"약초는 그냥 두고 왜 봉지만 가져가려는 것이오?"

"나는 약보다 이 글씨를 사고 싶소. 정말 아름다운 글씨입니다. 어디에 가서 어떻게 일하셨는지 흔적이 다 나타나 있습니다. 참으로 사람의 마음을 편안하게 해 주는 글씨입니다."

"네?"

그러자 선비는 슬그머니 욕심이 생겼어.

'내 글씨를 사려는 사람이 있다니. 약초를 캐려면 높은 산을 수없이 헤매야 하는데, 글씨야 방에서 편안하게 얼마든지 쓸 수 있잖아.'

그 뒤 선비는 약초는 캐러 가지 않고, 봉지에 글씨만 썼어. 어디에서 무엇을 캤다는 내용은 없었어. 그냥 두서없는 글을 꾸며서 쓴 거였어.

선비는 장터에 나가 글씨를 진열해 놓고 팔리기를 기다렸어.

하지만 아무도 사 가지 않았지.

그때 마침 전에 글씨를 샀던 사람이 지나갔어. 이번에는 글씨를 보고도 그냥 지나갔어.

"지난번에는 명필이라고 하더니 왜 이번에는 그냥 지나가십니까?"

그러자 나그네는 다시 한 번 글씨를 살펴보며 말했어.

"당신의 글씨는 변했습니다. 지난번에는 꾸밈이 없었는데, 이번에 보니 이리저리 많이 꾸몄습니다. 글씨에 당신 마음속 욕심이 보일 정도입니다. 그리고 지난번에는 당신이 무슨 일을 했는지 드러나 있었는데 이번에는 그저 방에서 글씨만 그렸다는 생각밖에 들지 않습니다. 그래서 감동이 오지 않습니다."

"아!"

선비는 땅을 치며 다시 산으로 향했어.

욕심이 드는 순간 깨끗함은 사라지게 되지. 사람은 누구에게나 개성이 있어. 그 개성을 잘 지키는 것이 진실한 것이지.

진실함이 얼마나 아름다운가를 말해 주는 이야기로구나.

효자는 어떻게 될까

현보야, 어려운 일에 부딪힐 때 어떠한 자세가 필요할까?

옛날 효성이 지극한 젊은이가 있었어. 젊은이에게는 홀어머니가 있었는데 병이 매우 깊었어.

"내가 오늘이라도 숨을 거두어야 네가 좀 편안할 텐데."

"어머니, 그런 말씀 마시고 얼른 낫기나 하세요."

그런데 가난한 젊은이는 어머니에게 약은커녕 음식도 제대로 드리지 못했어.

"안 되겠다. 산에 가서 꿩이나 토끼를 잡아 어머니께 드려야겠다."

젊은이는 활과 화살을 만들었어.

"어머니, 조금만 기다리세요."

그러고는 이웃집에 잠시 어머니를 부탁하고 길을 떠났어.

그런데 젊은이는 농사만 지었지 사냥은 한 번도 해 보지 않았어. 젊은이가 산에 들어가 아무리 살펴보아도 잡을 만한 짐승이 눈에 띄지 않았어. 어쩌다 띈다 하더라도 너무 빨라서 활을 쏘아 보지도 못했어.

"안 되겠다. 어머니께서 너무 오래 기다리시겠다."

젊은이가 산에서 내려와 어느 마을을 지나는데 어떤 집 앞에 독이 보였어. 독 안에 곡식이 들어 있는지 참새들이 들어가 먹이를 쪼고 있었어.

"참새를 잡아 구워 드리자. 그런데 어떻게 잡지?"

눈치 빠른 참새 몇 마리가 얼른 날아올랐어.

"이런!"

젊은이는 궁리 끝에 웃옷을 벗어 얼른 독 위에 덮었어. 그러고는 한 손을 집어넣어 참새를 한 마리씩 꺼내어 화살에 꿰었어. 화살 하나에 다섯 마리씩 꿰었는데, 화살이 열 개나 되었어.

젊은이가 참새를 둘러메고 서둘러 집으로 향하고 있는데 으리으리한 집이 보였어.

"여보게, 자네는 명궁이로구먼. 자네에게 부탁이 하나 있네."

집 앞에서 누군가를 기다리던 노인이 젊은이를 붙잡았어.

"무슨 일이신지요?"

"우리 집에 그믐날 밤이 되면 까마귀가 찾아와 울어.

그러면 꼭 식구 중 하나가 죽어. 벌써 넷이나 죽었어.
그런데 오늘이 바로 그날이야. 자네가 그 활로 까마
귀를 좀 잡아 주게."

"저어, 저는….'

젊은이는 여러 가지 핑계를 대었으나 노인의 청이 너
무 간절해 어쩔 수 없었어.

'부딪쳐 보자. 어떻게 하면 좋을까?'

젊은이는 밤이 되기를 기다리며 골똘히 생각하다가
무릎을 쳤어.

'참새를 잡을 때처럼….'

젊은이는 바깥마당의 아궁이에서 숯을 잔뜩 찾아 들
고 노인에게 말했어.

"아무도 밖을 내다보아서는 안 됩니다."

"그렇게 하겠네."

젊은이는 어두워지자 옷을 벗고 온몸에 숯을 새까맣게 바른 다음 까마귀가 날아와 앉는다는 나무로 올라가 숨었어.

이윽고 까마귀가 날아와 가지에 앉자마자 바로 목을 움켜잡았어. 그러고는 화살로 몸통을 콱 찔렀어.

까마귀는 울려다 말고 그만 숨이 끊어지고 말았어.

"자네가 우리 집을 구했네. 내 논밭은 물론 오늘 죽을 뻔했던 손녀를 자네에게 시집보내고자 하니 받아 주게."

이리하여 젊은이는 아내까지 얻어서 집으로 돌아와 어머니를 잘 모셨다는구나.

'궁하면 통한다'는 옛말이 있어. 아무리 어려운 일이 있더라도 피하지 말고 정신을 하나로 모으면 해결 방법이 나온다는 뜻이 란다.

개는 무엇을 찾았나

현보야, 너는 억울한 일을 당하면 어떻게 할 것 같니?

먼 옛날 이슬람 제국의 통치자인 술탄에게 충성스런 대신이 있었어. 대신은 현명하게 일을 처리하여 깊은 신임을 받고 있었어.

그러자 몇몇 신하들이 대신을 모함하기 시작하였어. 처음에는 믿지 않던 술탄도 여러 사람이 자꾸 이야기하자 점점 대신을 의심하여 결국 사형에 처하라고 명령을 내렸어.

그런데 술탄의 사형 방식은 아주 특이했어. 술탄은 사나운 개들을 기르고 있었는데, 죄인을 개 우리에 던져 넣어 개들이 물어뜯도록 했어.

대신은 정신을 가다듬고 술탄에게 마지막으로 부탁을 했어.

"폐하, 저에게 열흘만 시간을 주십시오. 그동안 빌린 돈을 갚고, 남은 재산은 이웃에게 나누어 주고 돌아오겠습니다."

"알겠노라, 그리 하라."

술탄의 마음은 이미 대신으로부터 떠나 있었지만, 그간의 정을 생각하여 사형 집행을 미루어 주었어.

집으로 돌아온 대신은 창고에서 금화 100닢을 꺼내 수렵장의 집으로 달려갔어. 수렵장은 술탄의 사나운 개들을 사육하고 있었어.

"나는 그동안 술탄을 위해 열심히 일해 왔소. 마지막으로 술탄의 개들을 돌보게 해 주시오."

"알겠습니다."

수렵장으로부터 승낙을 받은 대신은 매일 손수 먹이를 주고 털을 빗겨 주는 등 온갖 정성을 다해 개들을 돌보았어. 심지어 잠도 땅바닥에서 개들과 같이 잤어.

그러자 사납던 개들도 결국 대신과 친해져서 대신이 움직이면 꼬리를 치며 따르게 되었어.

이윽고 열흘이 지나고 예정대로 대신은 술탄과 많은 신하들이 보는 가운데 개들 앞에 던져졌어.

그런데 이상한 일이 벌어졌어. 사나운 개들이 대신을 덮치는 대신 꼬리를 치며 대신의 주위를 맴돌았던 거야. 어떤 개는 대신의 어깨를 가볍게 물기도 하고, 어떤 개는 대신의 얼굴을 핥으며 장난을 치기도 했어.

"이럴 수가!"

술탄이 외쳤어.

"어찌 된 일인지 사실대로 말하라."

"폐하, 저는 열흘 동안 이 개들을 돌보았습니다. 그 결과는 폐하께서 보고 계신 그대로입니다. 그런데 30년 동안이나 폐하를 섬겨 왔습니다만 그 결과는….."

술탄은 너무 부끄러워 얼굴이 붉어졌어.

"그만! 내가 잘못했도다. 다시 옛날처럼 나를 도와주시오."

술탄은 대신에게 용서를 빌고, 대신을 모함한 간신들을 대신에게 넘겨주었어.

"이 간신들을 그대 뜻대로 처단하라."

그러나 대신은 그들을 너그러이 용서했어.

"지금부터라도 나라를 위해 모든 힘을 바쳐 일하기 바란다."

세상은 언제나 진실한 사람 편에서 움직이는 것 같구나.

그림, 어떻게 그려야 할까

현보야, 명작이 탄생하려면 어떠한 과정을 겪어야 할까?

19세기 일본에 가쓰시카 호쿠사이라는 뛰어난 화가가 있었어. 당시 일본에서 열 손가락 안에 드는 훌륭한 화가였어.

어느 날 화가에게 친구가 찾아와 부탁을 하였어.

"여보게, 나에게 수탉 한 마리 그려 주게."

"왜 하필이면 수탉인가?"

"수탉의 용맹함이 마음에 들어서 그러네."

"알겠네. 일주일쯤 뒤에 보세."

일주일이 지나자 친구가 찾아와 물었어.

"그림이 다 되었는가?"

"아닐세, 아직 못 그렸네. 한 달쯤 뒤에 오게."

"그렇게나 오래."

친구는 한 달 뒤에 다시 왔어.

"다 그렸겠지?"

"여섯 달 뒤에 다시 오게."

"여섯 달이나."

"그래도 될까 말까일세."

"알겠네."

친구는 돌아갔다가 여섯 달 뒤에 다시 왔어.

"이제는 다 되었겠지?"

"아닐세. 아직도 멀었네."

그러자 친구는 슬그머니 화가 났어. 누굴 놀리나 하는 생각이 들었던 게지.

"아니, 화가가 닭 한 마리 그리는 데 뭐 그리 오래 걸린단 말인가?"

"조금만 더 참아 주게. 기왕이면 좋은 그림을 그려야 하지 않겠나."

또다시 세월이 흘러갔어.

"3년이나 지났으니 이제는 다 되었겠지?"

"글쎄, 아직 멀었지만 한번 그려 보겠네."

호쿠사이는 친구가 보는 앞에서 휙휙 수탉을 그려 나갔어. 목을 길게 빼고 울어 대는 그림이었는데, 금방이라도 울음소리가 들려올 것 같았어. 마치 살아 움직이는 것 같았지.

"이렇게 쉽게 그리면서 나를 3년이나 기다리게 하다니!"

"아닐세. 이리 와 보게."

호쿠사이는 친구를 데리고 화실로 갔어.

화실 바닥에는 수탉 그림이 수천 장 쌓여 있었어.

"이놈은 눈매가 흐릿하고, 이놈은 다리에 힘이 없어 보이고, 이놈은 용기가 없어 보여. 그래서 닭장 안에 가서 아주 살았네. 지금도 옷에서 닭똥 냄새가 나네 그려."

호쿠사이는 완벽한 그림을 그리려고 그동안 수없이 닭장을 찾아가 관찰하고, 그것을 그림으로 옮겼던 거야.

> 끈질긴 노력과 공부 없이 이루어지는 일이란 아무것도 없는 것 같구나.

재가 될 바에야

새들은 겨울이 되면 어떻게 살아갈까?

아침에 들판으로 나가 보면 새들이 요란스럽게 울어
대는 것을 볼 수 있어. 참새, 박새 등 주로 작은 새들이
서로 얽혀 먹이를 찾고 있어. 새들은 하나라도 더 빨리
쪼아 먹으려고 야단이야.

불교 설화에 이런 이야기가 있어.

추위에 떨던 참새 한 마리가 길가에 쓰러져 얼어 죽
게 되었어. 겨울이라 먹을 것이 없는 데다 날씨마저 추
워 견딜 수가 없었던 거야.

어느 날, 소 한 마리가 똥 한 무더기를 철퍼덕 누고
지나갔어. 그런데 하필이면 쓰러져 있던 참새의 몸에
눈 것이었어. 거의 죽음 직전에 있던 참새는 갑자기 몸
이 따뜻해지는 것을 느꼈어.

"이거 괜찮은걸. 그냥 죽으라는 법은 없구나."

쇠똥의 온기에 얼었던 몸이 풀어지자 참새는 차츰 기
운을 되찾게 되었어. 그래서 마침내 쇠똥에서 몸을 빼

내어 날아오를 수 있게 되었어.

그러나 이내 고개를 저었어.

"안 돼. 바깥세상은 춥고 배고파."

참새는 다시 쇠똥 속으로 돌아왔어. 그런데 쇠똥은 전처럼 따뜻하지 않았어.

"조금 있으면 또 소가 와서 더 누어 줄 거야."

참새는 눈을 감고 잠을 청했어.

이튿날이 되자 몸이 옥죄어지는 것 같았어. 물기가 날아가자 쇠똥이 굳어져서 참새는 빠져나오고 싶어도 나오지 못하게 되었어.

그때였어. 한 농부가 다가왔어.

"큰 쇠똥이군. 땔감으로 써야지."

농부는 한 자루 가득 쇠똥을 주워 와 하나씩 아궁이에 던져 넣는 것이었어. 그 바람에 참새도 함께 아궁이 속으로 던져지고 말았어.

쯧쯧! 참새는 그만 재가 되고 말았지.

참새처럼 되지 않으려면 어떻게 해야겠니?

돌을 물고 날아가라니

현보야, 만약 가는 길에 위험이 닥치면 어떻게 막아 낼 수 있을까?

시베리아 북쪽에 타우라스라는 높은 산이 있어. 이 산에 사는 독수리들은 산을 넘어가는 두루미 떼를 공격하여 배를 채운다고 해. 그러니 이 산을 넘는 두루미들은 매우 위험하지.

독수리들은 양지쪽에 웅크리고 앉아 졸다가도 두루미 떼가 나타나면 금방 알아챈대. 두루미들이 끊임없이 꽥꽥 울어 대며 날아가기 때문이지.

"꽤액-꽤액!"

두루미들은 서로에게 연락하기 위해 울어 대는 것이야.

어떤 두루미 떼가 이 산으로 다가왔어.

'어떻게 하면 산을 무사히 넘어갈 수 있을까?'

두루미 떼에서 가장 나이 많은 두루미가 생각 끝에 명령을 내렸어.

"저 높은 산을 무사히 넘어야 한다. 지금부터 돌멩이

를 하나씩 물어라. 산을 넘은 다음 내가 뱉으라고 할
때 뱉어야 한다."

"무거운 돌멩이를 왜 물고 날아요?"

"울지도 못할 텐데요?"

"그건 저 산을 넘어 보면 안단다. 만약 하나라도 돌멩
이를 물지 않으면 우리 모두 위험해진다. 모두 내 말
을 따르거라."

"이런 여행은 처음이네."

두루미들은 작은 돌멩이를 하나씩 물고 날아올랐어.

두루미들은 도중에 너무 힘들어 돌을 뱉어 버리고 싶
었지만 꾹 참았어. 꽥꽥 울고 싶어도 울 수가 없었어.

이윽고 산을 넘게 되었어. 찬 바람이 마구 불어왔어. 돌멩이를 물고 있어서 벌어진 부리 틈으로 찬 바람이 들어왔어. 그래도 끝까지 꾹 참았어.

마침내 산을 넘고 냇가에 이르자 나이 많은 두루미가 말했어.

"모두 돌을 뱉어라."

"아이고, 살 것 같다."

두루미들은 참았던 울음을 꽥꽥 터뜨렸어.

"우리가 만약 돌멩이를 물지 않아 소리를 내었다면 분명히 독수리의 공격을 받았을 것이다."

"아, 그렇구나!"

나이 많은 두루미의 지혜 덕에 두루미 떼는 안전하게 산을 넘을 수 있었단다.

무엇보다 중요한 것은 우리 스스로가 나이 많은 두루미처럼 쓸모 있는 지혜를 기르는 것이겠지.

어느 선비의 시 짓기(1)

현보야, 머리가 나쁘더라도 열심히 노력하면 어떻게 될까?

조선 시대 김득신은 어렸을 적에 돌림병을 앓아 정신을 잃고 말았어. 그 후로 무얼 들어도 금방 잊어버렸고, 말도 어둔하였어. 하루에도 몇 번씩 "내가 왜 이러지?" 하며 어린 시절을 보냈어.

"내가 살아가는 길은 책에서 찾아야 한다. 백 번 읽어서 안 되면 천 번을 읽으면 될 거야."

김득신은 죽자사자 책에 매달렸어. 그리하여 웬만한 책은 모두 외울 정도가 되었어. 그러자 어느 날부터 머릿속에 아름다운 시가 떠올랐어.

어느 해 한식날 말을 타고 뒷산에 있는 조상 산소에 가는데 문득 한 구절이 떠올라 중얼거렸어.

"마상봉한식(馬上逢寒食 말 위에서 한식을 맞으니)."

그런데 다음 구절이 떠오르지 않았어.

"으음, 으음…."

그러자 말잡이가 말했어.

"도련님, 제가 한번 뒤를 이어 볼까요?"

"암, 좋지."

"도중이모춘(途中履暮春 길에서 늦은 봄을 밟았노라)."

"봄을 밟았다고!"

김득신은 탄복하며 말에서 내려오더니 말잡이를 향해 엎드려 절을 올렸어.

"도련님, 왜 이러십니까. 주인이 하인한테 절을 하는 법이 어디에 있습니까?"

"그렇게 아름다운 시를 읊은 분한테 절을 올리는 것이 당연하지. 너는 말잡이가 아니라 나의 시 선생님이다."

이렇게 열심히 노력한 김득신은 마침내 조선에서 제일가는 문장가가 되었어.

겸손한 마음으로 끈질기게 노력하면 이루지 못할 일이 없어 보이는구나.

어느 선비의 시 짓기(2)

어느 선비의 시 짓기 두 번째 이야기란다.

어느 해 가을, 김득신은 친척 집 산소에 제사를 지내러 가게 되었어.

길가 풀잎에 이슬이 맺혀 있는데 풀벌레 소리가 들려왔어.

"귀뚜르르 귀뚜르르!"

순간 김득신은 무릎을 쳤어.

시가 떠올랐던 거야.

"로초풍성습(路草風聲濕 이슬에 벌레 소리 젖으니)."

그런데 다음 구절이 떠오르지 않았어.

'어떤 구절이 좋을까?'

김득신은 골똘히 생각하며 산소로 향했어. 산소에 이르러 제사를 지내려고 술을 붓는데 나뭇잎이 잔 안으로 내려앉았어. 쳐다보니 나뭇가지에 새 한 마리가 앉아 있었어.

'옳거니! 바로 이거다.'

김득신은 다음 구절을 읊었어.

"풍지조몽위(風枝鳥夢危 바람 맞은 가지 위 새의 꿈이 위태롭도다)."

그러고는 목이 말라 그만 제사상 위의 술잔을 들어 쭉 마셔 버렸어.

"이 사람아, 조상님께 드리는 술을 어찌 자네가 마시는가."

집안 어른이 나무랐어.

그러나 김득신은 아무렇지도 않게 대꾸했어.

"조상님이 제 시를 들으셨다면 틀림없이 상으로 술 한 잔을 내리셨을 것입니다. 하하하!"

"하긴 그렇군."

산소에 모인 친척들 모두 껄껄 웃었어.

한 가지 생각이라도 끝까지 파고들면 결국 좋은 결과가 생기는 구나.

도토리라도 함부로 빼앗으면

현보야, 남의 것을 함부로 빼앗으면 어떻게 될까?

옛날 한 나그네가 길을 가다가 볼이 불룩한 다람쥐를 보았어.

"저 녀석 입에 뭐가 들었기에 저렇게 불룩하지?"

궁금해진 나그네는 다람쥐 뒤를 따라갔어.

다람쥐는 바위틈 양지쪽으로 가더니 물고 있던 도토리를 뱉었어. 그러고는 도토리 몇 개를 물고 물가로 가더니 바위를 덮고 있는 이끼 속에 숨기는 거야.

"저 녀석들이 도토리를 이끼 속에 숨기는구나. 아마도 떫은맛을 없애려는 모양이지. 그래서 며칠 뒤 뿌리가 생겨날 무렵이면 도로 꺼내어 먹겠지. 고 녀석들 참!"

그래도 바위틈에는 도토리와 알밤이 수북하였어.

"이게 웬 횡재냐. 아직도 많이 남았네."

나그네는 도토리와 알밤을 저고리에 주워 담았어. 하나도 남기지 않았어. 노래를 부르며 집으로 돌아왔어.

"알밤은 구워 먹고, 도토리는 묵을 쑤어 먹어야지. 맛 있겠는걸."

이튿날 아침이 되었어.

"이게 뭐지? 다람쥐 같은데."

나그네는 신발 속에 다람쥐 새끼들이 죽어 있는 것을 보았어. 다람쥐 어미도 신발을 깨문 채 죽어 있었어.

"어찌 된 일일까?"

나그네는 섬뜩해져서 벌떡 일어났어.

"내가 다람쥐들이 애써 모아 둔 먹이를 몽땅 꺼내어 오자 내 신발 냄새를 맡고 따라왔구나. 그러고는 신 발을 마구 물어뜯다가 그만 숨을 거두었고⋯. 이런이 런 내가 잘못했다, 잘못했어."

나그네는 울면서 다람쥐들을 묻어 주었어.

"그렇구나. 모든 생명은 저마다의 먹이를 가지고 있어.

그런데 서로 자기만 먹으려고 마구 빼앗고 죽이고….”

나그네는 어릴 때 울타리에 있던 감나무가 문득 떠올랐어,

“할머니는 까치가 먹으라고 꼭대기의 감 몇 개를 남겨 두었어. 내가 왜 그걸 깜박했을까. 도토리를 안 가져왔으면 좋았겠지만, 가져오더라도 남기고 왔어야 하는데….”

나그네는 머리를 감싸 쥐고 비명을 내질렀어.

“부끄러운 일이다.”

가슴을 탁탁 치며 후회하였지만 이미 저질러진 일이었지.

아이들은 장난으로 돌을 던지지만 그 돌에 맞아 개구리는 죽을 수도 있는 것처럼 자기중심의 생각과 행동이 누군가에게는 큰 불행으로 다가올 수 있는 거야.

항상 상대방의 입장에서 먼저 생각해 보고 행동하는 사람이 되어야 하지.

나를 잊지 말아요(1)

현보야, 사랑하는 사람에게 주고 싶은 선물이 있다면 너는 어떻게 할래?

독일에 루돌프라는 젊은 기사가 있었어.

씩씩하고 용감한 루돌프는 훈련을 마치고 집으로 돌아오는 길에 도나우 강가에서 베르타라는 젊은 처녀를 만났어.

두 사람은 서로 좋아하게 되었어.

"어머, 저 꽃 좀 봐. 참 예쁘네."

베르타가 감탄을 했어.

"내가 꺾어 드리겠소."

그 꽃은 강 한가운데에 있는 섬에 피어 있었어.

루돌프는 곧 강으로 뛰어들었어.

"위험해요. 그만 나와요."

베르타가 외쳤지만 루돌프는 베르타가 좋아할 것을 생각하고 계속 헤엄쳐 건너갔어.

이윽고 섬에 다다른 루돌프는 꽃을 한 묶음 꺾어 들

고 손을 흔들었어.

"오, 아름다워요!"

루돌프는 베르타가 있는 쪽을 향해 헤엄치기 시작했어. 그런데 물살도 빠른 데다가 너무 오래 헤엄을 치는 바람에 루돌프는 힘이 빠지고 말았어.

베르타가 있는 둑 쪽으로 거의 왔을 때 루돌프는 그만 빠른 물살에 휘감기고 말았어.

루돌프는 꽃 묶음을 베르타에게 던지며 외쳤어.

"페어기스 마인 니히트(Vergiss mein nicht 나를 잊지 말아요)."

이것이 루돌프의 마지막 말이었어.

이 꽃 이름이 '물망초'가 되었다고 해. 아닐 물(勿), 잊을 망(忘), 풀 초(草)!

그 뒤, 베르타는 사라진 애인 루돌프를 생각하면서 일생 동안 그 꽃을 몸에 지니고 살았다고 해.

이 이야기를 들은 이곳 젊은이들은 도나우 강가를 거닐 때마다 가엾이 죽어 간 기사 루돌프를 생각하며 물망초를 바라본다고 하는구나.

아름다운 사랑에는 아름다운 이야기가 따르는구나.

나를 잊지 말아요(2)

사랑하는 사람에게 어떤 선물이 좋을까? 영국의 한 소녀는 전쟁터에 나가 있는 남자 친구에게 꽃씨를 가득 보내었다고 하는구나.

1345년 어느 봄날이었어.

이때는 영국과 프랑스가 영토를 두고 오랜 전쟁 중이었어.

잉글랜드 왕 에드워드 3세는 맏아들 흑태자와 함께 프랑스 남쪽의 드넓은 평원 노르망디에 상륙하였어. 이무렵 흑태자의 친구였던 기사도 전쟁에 참여하였어.

"이 땅을 빼앗아야만 우리가 넉넉하게 먹을 수 있다."

많은 기사들이 왕의 명령에 따라 용감하게 싸웠어. 그러나 싸움은 쉽게 끝나지 않았어.

흑태자의 친구인 기사는 쉴 때마다 일기장을 펴 보곤 하였어.

일기장은 애인이 준 것이었어.

전쟁터에서 사람을 함부로 해치지 말아요.

그 병사에게도 가족이 있을 거예요.

그 대신 이 꽃씨를 뿌려요.

온 세상이 이 꽃으로 물들면 사람들은 전쟁을 멈출 거예요.

그리고 당신도 빨리 돌아오게 될 거고요.

일기장 안에는 꽃씨 봉투가 가득 끼워져 있었어. 기사는 일기장을 읽을 때마다 봉투를 하나씩 열어 꽃씨를 뿌렸어.

전쟁은 날로 심해져서 프랑스 군이 일제히 공격해 왔어.

이제 영국군도 최후의 돌격을 해야만 하였어.

"이번에 이겨야 빨리 고국으로 돌아갈 수 있다. 열심히 싸우자."

기사는 어서 전쟁을 끝내고 집으로 돌아가 애인을 만나려고 앞장서서 열심히 싸웠어.

전쟁에 거의 이겨 갈 때였어.

슈욱!

화살이 날아와 그만 기사의 가슴에 꽂히고 말았어.

"안 돼, 죽으면 안 돼. 나는 돌아가야 해."

기사는 마지막 꽃씨 봉투를 풀어 씨앗을 뿌리며 외쳤어.

"나를 잊지 말아요."

그래서 이 꽃은 물망초로 불리게 되었어.

그 뒤, 이 꽃은 넓은 전쟁터를 보랏빛으로 물들일 만큼 많이 피어났다고 해.

지금도 오뉴월에 이곳에 가면 물망초 꽃을 많이 볼 수 있다는구나.

전쟁이 없고 꽃만 있다면 얼마나 좋겠니? 많은 사람이 죽는 전쟁이 사라지고 향기 가득한 꽃밭만 펼쳐졌으면 좋겠구나.

저곳이 명당이구나

현보야, 큰일을 하려면 어떤 준비를 해야 할까?

전라남도 광주에 농부가 살고 있었어. 농부는 가난했지만 의지가 매우 굳은 사람이었어.

어느 해, 농부의 집에 손님이 찾아왔어.

"이곳을 둘러보러 왔소. 며칠 묵어 가게 해 주시오."

농부는 집이 누추하여 망설였어. 그러나 손님을 박대할 수 없어 허락했어.

그런데 손님 말씨가 조금 이상했어. 중국 말투가 섞여 있는 것 같았지.

혼자 중얼거릴 때에는 중국말을 썼어. 그리고 보니 매우 수상했어.

중국 사람은 매일 무등산에 올라가 이곳저곳을 유심히 살폈어.

'중국에서 온 지관이 틀림없다. 남의 눈을 피해 명당을 찾으려는 게지. 그래서 좋은 집 다 두고 허름한 우리 집으로 온 거야.'

어느 날 중국 사람이 말했어.

"달걀 하나만 구해 주시오."

농부는 달걀을 구해 주고는 몰래 뒤따라갔어. 그랬더니 중국 사람은 어느 곳에 이르러 달걀을 묻고는 사방을 살피는 것이었어.

잠시 시간이 흘렀어. 갑자기 병아리 우는 소리가 들리는 거야.

"삐악삐악."

중국 사람이 웃음을 띠며 고개를 끄덕였어.

'옳아, 저기가 명당이 분명하렷다!'

지켜보던 농부는 아무것도 모르는 척하며 먼저 집으로 돌아왔어.

"주인 양반, 고맙소. 한 달 뒤에 다시 올 테니, 내가 온다고 아무에게도 소문내지 마시오."

"알겠소."

중국 사람이 떠나자 농부는 얼른 아버지 무덤을 그곳으로 옮겼어.

한 달 뒤, 중국 사람이 돌아왔어. 보자기에 무엇인가를 싸 가지고….

그런데 산으로 올라간 중국 사람은 깜짝 놀랐어. 그

자리에 무덤이 생겨 있었기 때문이었지.

"그 사이에 이럴 수가. 당신이 묘를 썼지? 여기는 내가 정해 둔 곳이란 말이야."

"이 넓은 산에 무슨 주인이 있다고 그러시오. 더구나 당신은 중국 사람인데 어찌 조선 땅에 와서 묘를 쓰려고 하시오?"

"이 자리는 중국 사람이 쓰면 후에 임금이 날 자리이지만, 조선 사람이 쓰면 역적이 나올 자리란 말이오."

"그건 두고 보아야 알 일이지, 지금은 알 수 없지 않소."

농부는 끝내 그 자리를 비워 주지 않았어.

중국 사람은 하는 수 없이 그냥 돌아갔어.

그 뒤에 농부는 아들을 낳았는데, 이름을 '덕령'이라고 지었어.

김덕령은 무럭무럭 자라서 임진왜란이 일어나자 의병 장군이 되어 왜적을 많이 물리쳤어.

김덕령 장군은 존경받는 사람이 되었지.

김덕령 장군은 아버지부터 벌써 예사 사람이 아니었던 거야. 앞으로 닥쳐올 일을 짐작하고 대비하였던 거지.

씨름 한 판

김덕령 장군의 두 번째 이야기란다. 스스로 힘을 기르는 방법으로 가장 좋은 것은 무엇일까?

김덕령은 자라면서 아버지 말씀을 잘 따랐어. 아침 일찍 일어나 농사일을 부지런히 거들었어.

그래서인지 힘이 무척 세어 동네 아이들이 아무도 당할 수가 없었어.

청년이 된 김덕령은 씨름판에 나갔어. 나갈 때마다 이겼지. 그러자 우쭐한 마음이 생겼어.

"나를 이길 수 있으면 누구든지 나와 봐."

김덕령이 큰 목소리로 외치자 모두 물러섰어.

이 모습을 보고 걱정을 하는 사람이 있었어.

김덕령보다 한 살 많은 누나였어.

'저렇게 세상 무서운 줄 모르다가 앞으로 무슨 화를 당할지 몰라.'

누나는 덕령이를 타일렀어.

"덕령아, 사람은 항상 겸손해야 해. 양보할 줄도 알아야 하고."

하지만 덕령이는 들은 체도 안 했어.

그러자 무등산에 있는 할아버지 무덤에서 이상한 소리가 새어 나왔어.

"그래, 그렇다면 내가 나서는 수밖에!"

어느 해 단옷날이었어.

씨름판이 크게 열렸는데 김덕령이 계속 이겼어.

"이제 마지막이오. 누구든지 나오시오."

그러자 낯선 할아버지가 나왔어.

김덕령은 할아버지를 쓰러뜨리려 애를 썼지만 할아버지는 꼼짝도 하지 않았어.

'이상하다. 이 사람이 요술을 부리고 있나?'

그러다가 할아버지 수에 넘어가 그만 김덕령은 쿵 쓰러지고 말았어.

"우와, 새 장사가 나타났다. 김덕령을 쓰러뜨리는 장사가 있다니!"

"그러게 말이야. 정말 대단해. 더구나 할아버지가."

그런데 할아버지는 상도 받지 않고 사라졌어.

'그동안 내가 너무 무례했구나. 사람은 늘 겸손해야 하거늘.'

이에 크게 깨달은 김덕령은 무예를 더욱 열심히 익혔어.

그 후, 임진왜란이 일어나 왜군들이 쳐들어왔어.

그런데 그때 김덕령의 아버지가 세상을 떠났어. 김덕령은 할아버지 산소 근처에 아버지를 모신 뒤 산소를 지키고 있었어.

어느 날 곽재우 장군이 찾아왔어.

"지금 의병장이 부족하오. 김덕령 장군이 나서야 하오."

"저는 아버지 상을 당한 죄인입니다. 어찌 전쟁터에 나갈 수 있겠소."

"백성을 구하는 것은 부모에게 효도하는 것과 같지 않겠소. 어느 것이 더 급하다고 보시오."

"알겠소. 지금은 나라부터 구해야 할 때이지요."

이리하여 김덕령은 의병장이 되어 왜적을 크게 무찔렀단다.

자신감을 갖는 것은 좋지만, 교만하거나 남을 무시해서는 안 되겠지.

겸손한 마음을 가졌던 김덕령은 그 뒤 더욱 존경받는 장군이 되었단다.

5천 원으로 취직하다

일이 잘 풀리지 않을 때 어떠한 태도를 가져야 할까?

취직이 되지 않아 늘 우울하게 지내던 청년이 있었어.

어느 날 청년은 직원을 모집하는 회사에 이력서를 들고 면접을 보러 갔어. 그날 면접을 보러 온 사람들은 매우 많았어. 청년은 침착하게 자신을 소개하고 질문에 대답하였어.

그런데 이번에도 분위기가 좋지 않았어.

"다음에 연락드리겠습니다."

'또 틀렸구나.'

청년은 나중에 연락한다는 말을 여러 번 들었지만 그때마다 허사였기에 이번에도 믿을 수가 없었어.

청년은 입이 몹시 써서 커피 집에서 커피 한 잔을 마시고 전철역으로 향했어. 표를 사려고 하던 청년은 깜짝 놀랐어.

'만 원짜리 한 장밖에 없었는데 5만 원이 나오다니?

가게 점원이 5천 원을 거슬러 준다는 것이 5만 원짜

리를 주었구나.'

청년은 잠시도 머뭇거리지 않고 되돌아 먼 커피 집으로 달려갔어.

"제가 거스름돈을 많이 받은 것 같습니다."

"그러잖아도 5만 원짜리가 없어져서 찾는 중이었습니다."

청년은 5만 원짜리를 돌려주고 거스름돈을 받았어. 마침 이 모습을 가게 주인이 보고 있었어.

'착한 청년이로구나.'

주인은 청년에게 말했어.

"나는 이곳 말고도 몇 군데 가게가 더 있습니다. 혹시 우리 가게에서 일하면 어떻겠소?"

주인은 그 자리에서 청년에게 일자리를 주었어.

청년은 이 가게에서 부지런히 일하여 부사장이 되었고, 후에 그 가게를 물려받았대.

어디에서 무슨 일을 하든지, 그것이 옳은 일인지를 먼저 생각해야겠구나. 《논어》에 나오는 '나에게 득이 되는 일을 보거든 그것이 옳은 것인지를 먼저 살펴야 한다'는 말처럼.

유리창과 거울은

우리는 어떠한 사람을 훌륭한 사람이라고 할까?

유태인은 많은 어려움 속에서도 꿋꿋하게 민족정신을 이어 가고, 늘 함께 모여서 평소 지켜야 할 것을 열심히 공부한단다.

이때 주로 공부하는 책은 《성서》와 《탈무드》인데, 공부하는 장소를 '성전', 공부를 이끌어 주는 사람을 '랍비'라고 해. 성전은 교회당, 랍비는 선생님이라고 해도 돼. 랍비는 자기 생각을 다른 사람에게 강요하기보다는 사람들이 스스로 깨닫도록 도와주는 일을 한단다.

유명한 랍비가 있었어.

어느 날, 랍비에게 청년이 찾아와 물었어.

"선생님, 이상합니다. 가난한 사람들은 남을 잘 돕는데, 오히려 부자들은 남을 도울 줄 모릅니다. 왜 그런지 모르겠습니다. 부자들은 돈도 많은데요?"

랍비는 빙긋이 웃으면서 청년의 손을 끌었어.

"이리 와서 유리창을 통해 밖을 내다보거라. 무엇이

보이느냐?”

“지나가는 사람들이 보입니다. 배가 불러 보이는 사람도 있지만 힘들어 보이는 사람도 있습니다. 잘 걸어가는 사람도 있지만 걷기 힘들어하는 사람도 보입니다.”

“그렇지. 그러면 이번에는 거울 앞으로 와서 들여다보아라.”

청년이 거울 앞에 섰어.

“무엇이 보이느냐?”

“제 모습만 보입니다.”

“그렇지. 가난한 사람은 마음이 유리창처럼 투명해서 자신 말고 다른 사람들도 보이지. 그런데 부자는 여기 있는 거울처럼 유리 뒤에 은박이 붙어 있어서 자기만 본단다. 그러니까 자기 욕심만 채우는 것이지. 우리가 조심해야 할 것은, 우리도 부자가 되면 남을 잘 볼 수 없게 될지도 모른다는 거야. 돈을 많이 가지기 위해 자꾸만 긁어모으는 것은 마치 유리창 뒤에 무엇인가를 잔뜩 붙여 거울을 만드는 것과 같단다. 거울을 만들면 자기밖에 보이지 않게 되지. 그러므로 우리는 유리창처럼 투명한 마음을 가지도록 애써야

하지."

"만약 부자가 유리창 같은 마음을 가지면 더욱 존귀
한 사람이 되겠군요."

"그렇고말고."

욕심쟁이에 대한 유명한 말이 있지.

"자기가 가진 것을 충분히 자기에게 어울리는 부(富)
라고 생각하지 않는 사람은, 세계의 주인이 되어도
불행하다."

또 "욕심쟁이는 황금 알을 낳는 닭을 죽인다."

자신을 잘 보살피는 것이 중요하지만 먼저 남을 깊이 생각하고
인정을 베푸는 것이 훌륭한 사람인 것 같구나.

기회의 신은 왜 뒷머리가 없을까

현보야, 우리가 늘 기다리는 기회가 모습이 있다면 어떠한 모습일까?

이탈리아 토리노 박물관에 가면 '기회의 신'이라고 불리는 카이로스의 모습을 새긴 조각상이 있어. 고대 그리스의 조각가인 리시포스의 작품인 카이로스의 모습은 조금 우스꽝스러워.

제우스의 아들인 카이로스는 옷을 입지 않은 데다가 앞머리는 무성한데 뒷머리는 대머리로 되어 있어. 어깨와 발뒤꿈치에는 날개가 달려 있고 앞으로 뻗은 왼손에는 저울을, 오른손에는 칼을 들고 있는 모습이야.

조각상 밑에 새겨진 문구를 보면 왜 그러한 모습을 하고 있는지 그 이유를 알 수 있어.

앞머리가 무성한 이유는
사람들이 나를 보았을 때
쉽게 붙잡을 수 있도록 하기 위해서이고

뒷머리가 대머리인 이유는
내가 지나가면 사람들이
다시는 붙잡지 못하게 하기 위해서이다.
어깨와 발뒤꿈치에 날개가 달린 이유는
최대한 빨리 사라지기 위해서이다.
나의 이름은 '기회'이다.

　그림을 더 설명하면 옷을 벗고 있는 이유는 누구나 쉽게 볼 수 있도록 하기 위해서이고, 저울과 칼을 들고 있는 것은 기회가 가까이 왔을 때 옳고 그름을 신중하게 분별하여 기회라고 판단되면 오른손에 있는 칼로 빠르고 정확하게 결단을 내리라는 뜻이라고 볼 수 있겠구나.
　기회는 지나간 다음 잡으려고 하면 대머리라서 잡을 수가 없다는 것이지. 또 어깨와 발뒤꿈치에 날개가 있어서 재빨리 날아가 버리니 기회가 왔을 때 주저해서는 안 되며, 빨리 잡아야 한다는 가르침이 들어 있는 거란다.

　다가올 기회를 놓치지 말고 재빨리 잡을 수 있도록 항상 준비하고 있어야 한다는 교훈을 주고 있구나.

작은 종이 한 장에서부터

현보야, 세계적으로 훌륭한 사람이 되려면 어떻게 해야 할까?

미국의 세계적인 작가 마크 트웨인은 가난한 농부의 아들로 태어났는데 열두 살에 아버지가 세상을 떠났어.

어느 날 트웨인은 일거리를 구하다가 인쇄소의 직공이 되었어. 처음에는 물건 나르는 일을 했는데, 돈을 더 많이 받으려면 활자를 가릴 줄 알아야 했어.

그때부터 트웨인은 글을 읽기 시작하고 종이의 질도 살피게 되었어. 또 활자의 모양도 유심히 보게 되고….

어느 날, 트웨인은 길거리에서 바람에 날리는 종이 한 장을 발견했어. 보통 때 같으면 그냥 날려 버렸겠지만 종이를 낚아채어 인쇄된 내용을 유심히 살펴보다 무릎을 쳤어.

처음에는 종이에 인쇄된 모양을 살폈지만 점점 거기에 쓰여 있는 사연이 궁금해졌던 거야. 프랑스의 애국 소녀 잔 다르크가 나라를 위해 앞장섰다가 체포되어 감옥에 갇히는 내용이었는데, 앞부분만 있고 뒷부분은 없었어.

'잔 다르크는 어떻게 되었을까?'

그 뒤, 트웨인은 힘든 직공 생활을 하면서도 잔 다르크에 관한 책이라면 무엇이든지 구해서 밤을 새워 가면서 읽었어. 그러고는 그 내용을 정리하여 하나의 표로 만들었어.

그리고 그 내용을 재미있게 이야기로 풀어 써서 《잔 다르크의 회상》이라는 책을 내었어. 불과 열네 살 때 일이었어. 이로써 트웨인은 인쇄소 직공이 아닌 작가 마크 트웨인으로 새로 태어났어.

미시시피 강에서 배를 안전하게 접안할 수 있도록 안내하는 수로원 등 다양한 경험을 쌓은 끝에 마침내 《톰 소여의 모험》, 《허클베리 핀의 모험》 같은 명작을 써서 세계적인 소설가가 되었어.

종이 한 장 주운 것으로 새로운 인생을 개척한 위대한 소설가. 엄청난 집념과 노력의 결실이구나.

바람을 길들인 풍차 소년

기적을 낳은 흑인 소년의 이야기를 들어 볼래?

아프리카 남동쪽 메마른 곳에 굶주림 속에서 살아가던 소년이 있었어. 돈이 없어서 초등학교도 제대로 마치지 못했지만 공부에 대한 열정은 버리지 않았어.

어느 날, 먹을 것을 찾아 읍내로 나온 소년은 공공도서관에 들어갔다가 《이것이 에너지다》라는 책을 보았어. 책에는 풍차 그림과 함께 이것을 이용해 불을 밝히고 물을 퍼 올려 농사를 짓는 모습이 그려져 있었어.

그런데 영어로 쓰여 있어서 읽을 수 없었어. 그저 그림을 보고 짐작만 할 뿐이었어.

"바람! 풍차를 만들어 보자. 만약 우리 마을에도 이런 기계가 있다면 우리도 불을 밝히고 깨끗한 물을 먹을 수 있을 거야. 이 기계를 만들어 우리 마을에 전기를 켜 보자."

소년은 곧 그림에 나오는 모양의 풍차를 만들기 위해 고물을 주워 모으는 한편 틈틈이 실험에 들어갔어. 그러는 사이에 소년은 점점 나이가 들어 어엿한 스무 살 청년이 되었어.

그의 계획을 들은 사람들은 모두 허황한 소리라 여겼어. 그 나라에서 전기를 사용하는 인구는 2퍼센트도 되지 않았기 때문이었지.

"말도 안 되는 소리를 하는군."

"미쳤어, 미쳤어."

마을 사람들의 비웃음과 조롱에도 불구하고 청년은 꿋꿋이 계획을 실행하였어.

쓰레기장을 뒤져 녹슨 자전거 바퀴와 체인, 폐차한 부품, 고장 난 선풍기 등을 이용해 처음으로 작은 풍차를 만들었고, 마침내 12미터의 풍차를 완성했어.

"이제 실험을 해 보자."

청년은 풍차 실험을 하였고 마침내 전기가 생산되었어. 조롱하던 마을 사람들은 너무 놀라 믿을 수가 없었어.

"이럴 수가!"

"천재 발명가가 나타났어."

이 소문이 퍼져 나가 청년은 2007년 지구촌의 미래를 고민하고 논의하는 TED 회의에 초대되어 연설을 하게 되었어.

청년은 긴장한 얼굴과 더듬거리는 영어로 자신이 만든 풍차에 관해 천천히 그러나 똑똑하게 설명하였어. 그리고 덧붙였어.

"저는 그저 전기가 들어올 때까지 꾸준히 실험을 했을 뿐입니다."

연설이 끝나자 회의장은 박수와 환호로 뒤덮였어. 그의 연설에 감동한 기업가들의 후원이 이어졌고, 월스트리트 저널, BBC, CNN 등 세계 언론들이 그의 이야기를 다루었어.

세계를 놀라게 한 주인공은 바로 말라위의 윌리엄 캄콴바라는 사람이야.

그는 지금 저개발국가의 주민들에게 기술 교육을 하는 '앎과 실행'의 일을 하고 있단다.

14세 가난한 아프리카 소년의 꿈! 인간 승리로구나. 아무리 어려운 형편이라도 그 꿈이 숭고하고 또한 꾸준하면 반드시 이루어지는 법이지.